ふりむいてはいけない

平山夢明

ハルキ・ホラー文庫

角川春樹事務所

ふりむいてはいけない

まえがき

取材相手から、

「わたし、死んだら化けて出てもいいですか」

と、よく言われる。

そうした場合、

「もちろんですよ、歓迎します。思いっ切りすごい感じでやってきて下さい」

と、答えることにしている。

すると相手は大概、嬉《うれ》しそうな顔をするのだ。

こうした反応を見るに、幽霊も淋《さび》しいからいろいろ構って貰《もら》いたくて現世にやってくるのかとも思うが確かめたわけではないのでわからない。

さて、本書は月刊「Ｐｏｐｔｅｅｎ」に連載していたものと書き下ろしのものとを、ほぼ半分ずつの分量でまとめたものである。
であるので書き下ろしと連載とでは若干、怪談内部への重心が変わっているように感ずる鋭い方もおられるかもしれないが、これは「Ｐｏｐｔｅｅｎ」での連載時には、なるべく平易で入りやすい形を模索したからであり、書き下ろしでは敢《あ》えてそうした枷《かせ》は取っ払って取材したもののテイストを優先してみたせいである。

十年以上、怪異・狂異の蒐集《しゅうしゅう》をしているのだが、時代が移り変わり、身の回りの道具が変化しても人間が恐怖する対象や瞬間というものには、さほどの変化のないことが実に興味深い。江戸時代の人間も現在の人間も同様に同じものを恐怖できるのではないかという気さえする。故に妖怪《ようかい》の血脈も延々と生き延びているのであろう。

我々は恐怖する限り、生きているといえるのではなかろうか。また生きていることを実感したいがために恐怖を読み、また漁《あさ》るということも成り立つような気がする。

健全な精神は健全な恐怖によって培《つちか》われるのだということであろう。

本作がみなさんの一服の憂さ晴らしになれば、これほど幸せなことはない。

二〇〇五年　六月十四日　　平山夢明

〈目次〉

まえがき　4
映画館　9
ドライブ　13
人形　18
おすそわけ　21
Wデート　29
ラブホ　35
自主トレ　39
洗面台　43
バス　48
けだもの　51
夜景　55

トンネル　57
階段の子　62
携帯　66
あかずの部屋　70
ひっかくもの　76
きな粉の女　79
居残り　85
雑巾のように……　93
※
コーヒーカップ　101
峠の出来事　108
こおろぎ　117
キャップの子　124
傷　132

ドビンちゃん　141
ほくろ　148
赤黒いぐちゃぐちゃしたもの　157
ノン　163
試着室　171
百物語　178
割れる舌　182
秘密　187
ブログ　193
予感　199
埋葬　204
あのぅ　213

本文イラスト（一七七頁、一九八頁）　金本　進
本文写真　藤森信一

映画館

「何かしめったかんじのする映画館だったんですよね」

その日、大石さんは彼とデートをしていた。

昼間だったせいか、館内に客は数えるほどしかいなかった。

ふたりは中央の後ろよりに座ったという。

「映画が始まってしばらくすると……」

妙なことに気づいた。

スクリーンではなく客席を向いている者がいる。

「初めは映画館の人だと思ってました。何か映写室と連絡をしているとか、お客の様子を見ているとか……」

ところが本編が始まっても動こうとしない。

従業員なら他に仕事もあるはずで、ぼけっと座りっぱなしというのはいかにも不自然だった。

気にはなったものの、いつしか彼女も映画に集中していた。

しばらくたって物語がゆるやかになった時、また目があの客に行った。

やはりこちらを見つめている。

他の前にいる客はみな後頭部を向けているので、その客の白い顔はやけに暗闇《くらやみ》に浮いて見えた。

「よく見たら。女だったんです。長い髪の……」

女はジッと観客を見ている。

他の客は気にしていないようで、隣に座る彼同様、スクリーンに集中していた。

その時、気がついた。

女だとわかったのは、近づいているからだった……自分に。

「なに?」

彼女は女を見た。

女はずっと前から自分をにらんでいたようだった。

不安になった彼女は彼を見た。

彼は映画に夢中。

視線を戻すと女は先程よりさらに二列ほど近づいていた。


〈……い。……く……〉


その時、耳に映画の音とは別のものが入ってきた。

怖くなった彼女はスクリーンに集中しようとするが、どうしても目が女に向いてしまう。

女はさらに近づいてきていた。

まっすぐに移動していた。女が立ち上がった気配はまったくない。

……人ではないのだ。

彼女はそう悟った。


〈にくい……にくい……憎い……憎い……〉

呪文《じゅもん》のように女の声が耳に飛び込んできた。
見ると女と彼女の間は三列ほどに詰まっていた。
〈ねえ！〉
彼女は思わず彼にしがみつこうとしたが、体が動かなかった。
逆に足が引かれた。
見ると座席の下から細い手が自分の足首をつかんでいた。

女が笑っていた。

その時、大爆発がスクリーンで起き、場内に大音響が轟《とどろ》いた。
気がつくと彼が心配そうに顔をのぞき込んでいた。
「眠っちゃったの？」
映画はすでに終わり、館内は明るくなっていたという。
彼にその話ができたのは三日ほどたった時だった。
以来、彼女は映画を見に行く時には必ずお守りを持っていく様にしている。

ドライブ

大宮さんの彼からドライブに行こうと連絡があった時、すでに時計は十一時を回っていた。

「ええ〜。もう遅いよ〜」

「大丈夫。ちょっと行くだけだから」

いつものように強引に彼女を連れ出した彼は、夜中のドライブへと向かった。

「初めて行く道だった……」

彼は雑誌で知ったというその道を制覇するんだと意気込んでいた。彼は昔から深夜の峠越えが大好きだった。

「峠越えって昼間はいろいろ景色が見えて面白いんだろうけれど……」

夜中の峠は基本的に闇《やみ》一色である。窓の外は崖《がけ》なら暗闇、そうでなくても木々と路面がライトで照らされているぐらいである。

気がつくと、うとうとしていた。

そうでなくとも昼間はずっと仕事で立ちっぱなしだった。

「音楽もかけてるんだけど……ああいうのって耳が慣れてくると眠気覚ましにはならないもんね」

彼は横に乗ってさえいれば別に眠っていても怒ったりはしない人だった。（一方的に呼び出しておいて眠ったと怒られてはたまったものではないが、そういう人もいるらしいので……）

街灯一本ない道路は暗く、ライトも頼りなげだった。

見るとバックミラーにつけてあるお守りが〈ふくらんで〉いた。

「あれ、なんかこれおかしくない？」

彼女はお守りに触れてみた。

やはりふくらんでいる。

「普段はぺっちゃんこなのに……。ぷっくりしてるんです」

彼女は彼に伝えた。

「ねえ、これふくらんでるよ」

「…………」

何を言ったか聞き取れなかった。

「え？　なに」

「つまらない」

「え、なにが」


「生きていても……つまらないよ」

彼は笑っていた。


「なに馬鹿なこと言ってんの」

「ああ～！　つまらんぜぇ。人生！」

彼は突然、大声でそう叫ぶとハンドルを崖の側に切った。

とっさに彼女は彼の手を押さえつけた。

「なにやってんの！　馬鹿じゃない！」

「また死のう。やってみるだけじゃ」

彼がまたハンドルを切ろうとした。

「やめなよ！」

止めようとした彼女の体は力一杯、はねのけられた。

……落ちる！

彼がハンドルを回すのを見た瞬間、彼女は覚悟した。

その瞬間、ポーンッと激しい破裂音が車内に響き渡った。

とっさに車は体勢を立て直し、崖の際をギリで走り抜け、道路の真ん中に戻った。

「なにやってんの！　馬鹿じゃないの！」

彼女は彼に殴りかかった。

彼はあぜんとしていた。

「ごめん……眠ってた」

彼は頭を下げた。

「眠ってないよ。あんたちゃんと起きてたよ。起きて崖から落ちようとしてたんだよ……

変だよ。変！」

車内にはまだお守りの破片が舞っていた。

ふたりは気まずいまま山を下りた。

家に送ってもらった時には既に明るくなり始めていたという。

「別れぎわ、車を見るとフロントグリルに何かくっついてるんです」


菊の花束だった。


まるで差し込んだようにバンパーの隙間《すきま》に挟まっていた。

「峠を登ってる最中にちょっとハンドルを切りそこねたって本人は言ってました」

彼は暗がりから突然現れたお供えをひいてしまったのだという。

暗かったのと後ろめたさから、そのままにして登ったのである。

「結局、そのあとなんとなくうまくいかなくなっちゃって」

ふたりは別れた。

大宮さんは以来、夜中、ドライブへ行く男とはつきあわなくなったという。

人形

藤田さんが親友からその人形をもらったのは高校三年のとき。

「ビスクドール風っていうのかな。高そうな西洋人形だった」

夏に産まれたばかりの姉の娘が喘息《ぜんそく》発作で死にかけたのが始まりだった。

家族全員に次から次へと不幸が起き始めた。

「母親はパートでスーパーのレジ係をしていたんですけれど」

釣り銭を補充しようと十円玉のパイル（銀行でフィルム包装された硬貨の筒）をレジ台にぶつけた際、裂け目から飛び出したコインが目に当たって大けがを負った。

運悪く、硬貨は眼球に対し直角にぶつかったので角膜がひどく傷ついてしまった。

「失明するかもしれないってお医者さんに言われたんです」

また火の気のないところでボヤが起きた。幸い、大事には至らなかったが、住宅が建て込んだ路地に建つ彼女の家は、周辺から白い目で見られる事になった。

全部があの人形が来てからだ。

彼女は人形を押し入れの奥にしまった。

しかし、数日すると必ず家のどこかにちょこんと座っているという。夜中にドアをノックされたので開けてみると廊下に転がっていた事もあった。

あまりに色々とあるので、知り合いの霊能者に見てもらうと〈すぐ元にあったところに返さなければ大変なことになる〉と告げられた。

彼女が親友に買った場所を聞くと買ったんじゃないと言う。〈じゃあどうしたの?〉と、さらに追及するとついに〈拾った〉と告白した。

「彼女、お墓にあったものを盗んできたんです」

親友は好きな男の子が藤田さんに好意をもっているのを知り、嫉妬《しっと》したのだという。

〈死んじゃえばいいと思ったの……ごめんね〉

彼女は謝罪した。

人形を元の場所に返すと災難は去っていった。
親友は数ヶ月後、転校していった。
どうしているのか、今は知らない。

おすそわけ

「ねえ、早苗。今からそっちに行ってもいい？　いいでしょう？」

突然、興奮したマユミから携帯に連絡が入ったのが明け方のことだった。

「どうしたの？」

「あのね……あのね」

とりあえず部屋に入れ、落ち着かせることにした。マユミはしきりに窓の外を気にしていた。

「なにがあったのよ」

マユミの部屋は早苗同様にマンションなのだが、角部屋だった。仕事から戻ったマユミはシャワーを浴び、パジャマに着替え、ベッドに潜り込んだ。うとうと……し始めた時にそれは起きた。思い切り金物を手で叩《たた》いたような、物凄《ものすご》い音がベランダでした。

「びっくりしたけど……怖くて見に行けなかった」

蒲団《ふとん》のなかで固まったままジッとしていると次第に人の声がしだし、救急車のサイレンが聞こえてきたという。

その時、ドアが叩かれた。警察官だった。

「すみません。ちょっと飛び降りがあったものですからね……。確認だけさせてくださ い」

「確認って……」

警察官はふたり。年配のほうがさっと部屋に入るとベランダへの窓を開けた。

「ああ。ここだ」

その声につられたかのように若いほうもベランダに向かった。すでにマユミの部屋のほうへ外からいくつものサーチライトが向けられていた。電気を消したままの室内がパッと明るくなったという。

「なんですか?」

マユミは警官のあいだからベランダを覗《のぞ》いた。

「ああ! 見ないほうがいいよ」

もう遅かった。洗濯機が倒れていた。その脇に黒い塊があった。

髪の毛と耳がついていた。

女の頭だつた。


「屋上から飛び降りたんだけど……うちのベランダだけ柵が少し飛び出しているんだって……」

女は猛烈な勢いでベランダの柵に首を打ち付けたのだろうと警察は説明した。

「それから現場検証とかいろいろあったんだけど、さっき終わって……」

頭は警察が持ち帰ったが、血だまりはそのままだった。これ以上部屋に居る気がしなかったという。

数日後、女の両親が挨拶《あいさつ》しに来た。失恋が原因だったという。憔悴《しょうすい》しきった様子の母親は何度も頭を下げた。目の前でぺこぺこと動く頭を見ると、これと同じものが転がっていたんだ……と妙なことを考えてしまった。

マユミは大家の計らいで空いている別の部屋に転居することができた。

「良かったね、マユミ」

「うん。なんか変なこと起きたら怖いなと思ってたけど、そんなのもないし……」

早苗は心から安心した。

「マユミはもともと霊感とかあるわけじゃないし、根は図太いほうだから妙に神経質にならなけりゃ大丈夫だとは思ってたんですけどね」

引っ越しパーティーをした夜、早苗は自分の部屋で寝ていると妙な夢を見た。

天井が昔の家のように羽目板になっていた。

〈なんだろう……うちは壁紙のはずなのに〉

室内の様子は変わらない、ただ白い壁紙が張ってあるはずの天井だけが板に変わっていた。

暫《しば》くするとそのなかの一枚がふっとずれる。

隙間から目が覗くのである。

〈ぎいいいいいい……〉

目は寝ている早苗の真上にあり、妙な声をあげた。耳の奥がジンジンするような気味悪い声は、寝汗をびっしょりかきながら目覚めた後も耳にこびりついていた。

早苗は何度か恋人のユウイチに泊まりにくるよう頼んだが、仕事が忙しくて無理だった。

「ねえ、なんともない？　うち、なんか変なんだけど……」

「うちは全然、大丈夫。だって部屋替わったじゃん」

マユミは早苗が夢の話をしてもあっけらかんとしていた。

深夜、ドアの開く音で目が覚めた。

〈チェーンしたはずなのに……〉

体は動かなかったという。

天井が板になっていた。眠っているわけではなかった。現に部屋のなかのものはベッドライトの小さな灯《あか》りですらはっきり見えた。


〈ぎいいいい〉


板の隙間から目が見えた。

台所で物音がする。見ると何かが動き回っているのが磨《す》りガラスの戸を透かして判《わか》った。

顔にぽつりと何かが当たった。

それは雨のように少しずつ激しくなっていった。黒い染みが蒲団カバーに広がった。血のように見えた。板は大きくずれ、そこに使い古しのチューブのようにねじれた顔が笑って飛び出していた。笑っているのではなかった。単に〈押し潰《つぶ》されて〉いたから顔皮から頭蓋《ずがい》がはみ出し、そう見えたのだった。

〈ぎぃぃぃぃぃ……〉

再び、音がした瞬間、磨りガラスが開いた。

黒々と汚れたワンピースが立っていた。

首のところは大きなささくれのように切り込みが入り、上にあるはずのものが千切れていた。

足音をたてて入ってきたそれは壁をさすり、宙を爪《つめ》のはがれてしまった指で掻《か》きながらうろうろした。

〈……わたしを捜しているんだ〉

そう思った途端、それはベッドの早苗に襲いかかってきた。

首をつかまれた瞬間、ひやっとした感触が骨の芯《しん》まで届いた。

天井のものが降ってきた。

肉でできた風船のようだった。

幸いなことにそこまでで意識を失った。

なぜ女が早苗の部屋にやってきたのか……。
いまだにわからない。

Wデート

「廃墟《はいきょ》に行こうってことになったんです」

カナエはある夏の出来事を話してくれた。

「あたしの親友のカオリとそのカレ、それとあたしのカレの四人で……。あたしはわりと見るほうだからイヤだって言ったんだけど……」

ほかの三人はノリノリだった。

「その廃墟っていうのが、バブルの時に建てられた豪邸らしいんだけど。持ち主は借金でどうしようもなくなって一家心中したみたいなことになってたの」

「でも、ヤバいからやめようよ」

「だいじょうぶだって。おまえ、怖かったら車にいればいいじゃん」

「バカ！　よけい怖いよ。ひとりでなんか」

高速を下りてしばらく行くと突然、ガタガタ道になった。

「けっこう、山のなかって感じだった」

対向車もなく街灯もない。暗い山道をどこどこ上がっていくと車は停《と》まったという。

「この先だ」

カオリのカレはサイドブレーキを引くと車から降りた。続いて三人も車外に出た。


「ねえ、なんかヤバくない」


カオリが周りを見回してつぶやいた。

「大丈夫だよ、こいよ」

車から懐中電灯を出したカレがカオリの腕をつかむと先頭に立って歩き出した。

その後をカナエのカレが続いた。

〈……どうしよっかな〉

ポンッと何かに背中を押された。

「ほんとのほんとに軽く。人の手のひらの感じで」

カナエはエッと思ったが、なんとなくみんなの後をついていったという。

「言えないよね。これから行くって張り切ってるんだから……」

ビビッてると思われ、車に残されるのは絶対にイヤだった。

道を少し登ると建物が見えた。

豪邸というよりは倉庫のような感じだったという。

「壁なんかあちこち崩れてて骨組みが見えてるのね。懐中電灯なしでも満月でよく見えた」

屋根が人の手のように手前に垂れ下がっていた。なかはガラスとゴミ、それと廃材で足の踏み場もなかった。カビとホコリの臭《にお》いが一歩進むたびに鼻をついたという。

廊下に鏡があった。ホコリが厚くヘドロのようにこびりついていた。

しばらく行くと先頭を歩いていたカオリたちがワッ！と声をあげた。懐中電灯の光が壁を照らしていた。

〈これをみたものらはぜつたいにいたがつてすごくしぬ〉

赤いペンキの字の下に壁一杯に人間の大きな顔が描いてあった。髪を振り乱し、目玉が飛び出た女の顔だった。

〈夜にな夜にな夜にな夜にな〉口からはマンガのふきだしのように言葉が吐き出されていた。

「なんだ！　びっくりさせやがって」

カオリのカレが突然、その絵を蹴《け》り始めた。

「それがふざけてるんじゃなくて、本当に怒りまくってる感じだった」

しまいにはボコッと壁が崩れ、女の顔の一部に穴が空いた。

「もういいよ行こう。なんか疲れた」

カオリがつぶやいた。

実際、たいして時間もたっていないのに体がクタクタだったという。見ると廊下の鏡に自分たちがゾロゾロ行くのが映っていた。

なんだか全員、気が抜けたようになって廃墟を出た。カオリのカレだけは女の絵に小便をかけてから出てきた。

「でも後で考えると、あんなに汚れてた鏡にハッキリ映るはずないんですよね……」

「あ！　なんだこれ！」

カナエのカレが声をあげた。

全員、顔色を失った。

白い車のボディ全体にびっしり、のたくった字が書き込まれていた。


〈すごくしぬ〉


ミミズのようだったが、かろうじてそう読めた。壁の字と同じく赤い色をしていた。

「もうカオリなんかパニクっちゃって」

ぎゃーぎゃー悲鳴をあげ、なかなか車に乗らなかったという。それでも置いてはいけないので車に乗せると、カレは車を出そうとした。

「何回もキーを回したのにかからないの。あの待ってる時……、窓の外を見ながら待ってる時が一番怖かった」

落書きは街で洗車してもらったが落ちなかったという。

カナエとカレはそれからしばらくして自然に別れてしまい、カオリとカレは対向車線からはみ出してきたトラックに衝突されて死んだ。

先日、ふと思いついてある霊能者にカオリたちのことを聞いた。

「ふたりはいまどうしてますか」

「一緒だね。ふたりとも一緒にいる」

「ああ。良かった」

「良くないよ……。地獄に落ちてるからね」

霊能者はそう言うと、あんたもまだ業《ごう》が取れていないから気をつけたほうがいいとつぶやいた。

まだ廃墟はあるはず、と彼女は言った。

ラブホ

ヒロミは部屋に入った途端、変だなと感じた。

「空気が悪いのは仕方ないんだけど……」

空気が重いのだという。

それでもカレにそんなことをいうとまた叱《しか》られると思ったので黙っていた。

夜、目が覚めた。

ぼんやりルームライトが灯《とも》っていた。

薄暗い室内を見回すと鏡に目がいった。

「壁全体が鏡なのね。イヤだったけど金曜の晩でそこしか空いてなかった……」

鏡は右と左で合わせ鏡になっていた。

「ああいうのって何か出てくるっていうでしょ」

事実、自分が動くたびに何十何百という自分の姿がもぞもぞするのが見えた。

「…………」

突然、寝ているカレが何事かをつぶやいた。

「なに?」

「イクゾイクゾ」

「なにそれ?」

カレは完全に寝ていた。

怖くなった彼女はカレを思い切りゆすったが起きる気配はなかった。

「なにやってんの!　ねえ!」

「イマイク……スグイクゾ」

「ふざけないでよ」

と、叫んだ途端、鏡のはるかかなたに白いものが浮かんでいるのに気づいた。

それは最初は拳《こぶし》ぐらいの大きさだったのが近づくにつれ大きくなった。

「女でした。首を変な風にぐるぐる回してる女」

彼女は気が付くとベッドから落ち、部屋のすみでシーツにくるまって震えていた。

カレは眠っていた。
鏡の女はいまや等身大にまで膨らんでいた。
彼女は見つからないように鏡の無いドアの前にへたり込んでいた。

がりがりがり……。

突然、鏡をひっかくようなイヤな音が響いた。

その瞬間、肩がグイと引かれた。

振り向くとドアが細く開き、隙間《すきま》から手を伸ばした鏡の女が自分をつかんでいた。
「いやぁ！」
叫び声が喉元《のどもと》までせり上がった。思わずカレの元へ飛び込んだ。

〈みたあ〉

寝ているはずのカレが彼女を向いてニヤリと笑った。女のガラガラ声だった。

気がつくと朝になっていた。

「全然、憶《おぼ》えてないんです。アイツ」

ふたりはその後、なんとなくうまくいかなくなって別れたという。

今でも彼女の肩には赤い痕《あと》がうっすらと残っている。

自主トレ

「去年の夏、鎌倉の友達のところに遊びに行ったんです」

愛花《あいか》はそう呟《つぶや》いた。

「夜中まで起きていてお腹《なか》が減ったのでコンビニに行こうっていう事になりました」

「ねえ、この辺どう？」

「どうって？」

「ヤバくない？」

「なんでよ」

愛花は友達の声がかすかに震えているのに気づいた。

「この辺ってさ。結構、ヤバいんだよね。自殺とかあるし、この先なんか昔、バラバラ殺人とかもあったんだよねぇ」

「えええ、マジぃ？」

「マジマジ」

十分ほどで着くというコンビニはなかなか見えてこなかった。

「家はあるんですけれど街灯がほんとポツンポツンとしかなくて……」

石垣の塀の上にフェンスを巡らせたものがずっと先まで続いていた。なかは塗り潰《つぶ》したような闇《やみ》。

「この奥、お墓なんだよ……」

友達がポツリと告げた。

「やめてよ、そういうことぉ！」

少しでも明るくしようと愛花ははしゃいだような声をあげた。

音がした。

見ると少し先の四つ角に男がいた。

「その人、走ってたんです」

キャップをかぶった、ジャージ姿の男が右から左、左から右へと往復していた。

「初めはボクサーか何かかなと思ったんです。動きが凄《すご》く早くて真剣そうに見えたから」

男は脇目もふらず暗い四つ角で行き来を繰り返していた。

「あっ」

突然、友達が愛花の腕をつかんだ。

見ると男が向きを変え、こちらに向かって来ていた。

ふたりは視線を落とし、やり過ごす事にした。

道の端に寄り、ペースは落とさず歩いていると、
タッタッシュッシュッ、タッタッタッシュッシュッ……。

足音が近づいてきた。

「でも、ちょっとおかしいんです。なかなか通り過ぎないの」

顔を上げた途端、ブワッと体を何かが突き抜けた。

「え？　なに？　今の……ってビックリして振り向いたら」

友達が悲鳴をあげた。

「フェンス！　フェンス！」

見ると石垣の上のフェンスに座った男がすごい顔でふたりをにらみつけていた。

「怖い！　って本気で思いましたね。今にも飛び降りてくるんじゃないか。つかまっちゃうんじゃないかって」

ふたりは絶叫するとダッシュで来た道を引き返したという。

「後で友達に聞いたら普段は絶対に夜、通らない道なんですって」

「なんで通らないの」

「だってフェンスの向こうお墓なんだもん。怖いじゃない」

友達はしょんぼりした顔を見せたという。

洗面台

「残業が続くと次の日しんどいので、友達のアパートに服だけ置かせてもらって、ちょくちょく泊まりに行ってるんですね。彼女の部屋は会社からわりと近いんで、少しゆっくり眠れるんです」

早紀はその晩も、友達のアパートを訪ねたという。

「彼女は不在でしたけど、合い鍵《かぎ》はもらっていたので入る事ができました」

時刻はすでに二時を回っていたという。

「ちょっと変な感じはしましたね」

それは単に友達がいないからといった単純なものではなく、体の芯《しん》が冷えるような寒気がしつこくまとわりついてくるといった感じだった。

「わたし、自分の部屋でも結構、金縛りとかに遭うんですね」

　夜中に目覚めると体が言うことをきかない。視野の端や真っ暗な天井を静かにゆっくりと何かが移動するのを感じたりする。

「でも、学生時代ならともかく、今はそんなこと誰かに言ってもしょうがないですから」

　普段はまるきり忘れている事が多い。

　着替えると洗面台に向かった。念入りに化粧を落とし終えると条件反射のようにあくびが漏れた。

「もう早く寝よ」

　彼女はベッドに潜り込み、電気を消し、そのまま眠り込んでしまった。

　ふと気づくと部屋のなかがポーッと明るい。

「廊下の辺りが明るいんです」

　友達がこの時間に帰る事はなかった。終電過ぎて戻らない時にはカレのところ、と決まっているのだ。

「帰ったの?」

　返事はなかった。

　立ち上がると洗面所の電気がつけっぱなしになっていた。

「消したはずなのに……と思いました」

立ち上がりスイッチに手を伸ばすと、勢いよく水が出始めた。

「そこは回すのじゃなく、押す式のやつで……」

どうしたんだろう、しばらく叩《たた》いたり捻《ひね》ったりしていたが水は止まりそうになかった。

「どうなってんの!?」

思わず声をあげた瞬間、膝《ひざ》がそーっとつかまれた。


女の子が座っていた。

洗面台の下に隠れるようにいた女の子が細いガリガリの腕を伸ばし、彼女のパジャマの裾《すそ》をつかんでいた。

あうあうあうあう……。

女の子は長い髪の隙間《すきま》から目を覗《のぞ》かせ、歯を鳴らすように口をがくがく開けたり閉じたりした。

「その途端に体から力がグングン抜けてしまって……」

……このままじゃ、持っていかれる。

彼女は必死になって謝っていた。

何を謝ったのかわからなかったが女の子は明らかに恨んでいた。

その恨みに対して謝り続けた。

不意に体が軽くなると少女の姿は消えたという。

翌日、友達に泊まらせてもらっておいて悪いんだけど……と前置きしながら説明した。

「ああ、それ。下の部屋で死んだ子がいるの。お母さんがほったらかして餓死しちゃったのよ。いゃあねえ。下なのに上に出ちゃって」

全く霊感のない友達は全然、気にする様子もなくそう言い放った。

友達は今でもその部屋に住んでいるが、早紀が泊まることは無くなった。

バス

「小さい頃から見てました」

　まみさんはそうつぶやいた。

「金縛りにはちょくちょくあうし……」

　帰宅途中、人の目も気にせずに道端でうずくまっている人もよく見た。

「雰囲気が全然、違うんです。その人の周りだけ空気が別物で。例えば……」

　着物姿で一点をジッと見つめている。そういう人がいた。老婆だったが、彼女の周囲だけ時が止まっているかのようにちぐはぐな感じがした。老婆は近づくとまみさんにだけ、ふっと視線を合わせてきた。

「そういう時は必ずひどいさむけがするんです。何か魂の一部だけがそっとすくい取られていかれたみたいな感じ。でも本当にいやなのは、ついてくる人」

　彼らの中には彼女に気がつくと後を追ってくる者がいるという。

「ゆらりゆらり。ゆっくりですけれど」

振り返れば一定の距離を置き、そこに居る。体調を崩すのは決まってそんな時だった。

ある夏の夕暮れ、バスに乗っていた。心地良い揺れに、うつらうつらしていると不意に〈さむけ〉がした。自分が座っているのは四人がけシート、その隣がやんわり軋《きし》んだ。

〈人〉ではなかった。目を開けると、横にいる薄い人影が車内で揺れていた。

「たぶん女の人だと思うんです」

彼女はとっさに目を閉じた。すると肩と太ももにべたっと、たよりない体が押し付けられてきた。


お墓の土の臭《にお》いがした。


だんだん怖くなった彼女は停留所に着くと鞄《かばん》を持って立ち上がった。

女が彼女を見た。しかし、顔は透けていた。

「早く降りようと思って、おもわず」

女の足をまたいでしまったのだという。

その瞬間、ゾッとするさむけが足もとから立ち上ってきた。そしてその分だけ、自分のなかから外に流れ出ていくものも感じた。

めまいと共に全身の力が抜けた。

……つれて行かれる！

彼女は必死になってバスから降りた。

振り返ると窓に顔を押し付けた女がすごい形相《ぎょうそう》でにらみつけていた。

「とにかく恐ろしくて。ごめんなさい……ごめんなさいって謝り続けました」

幸いなことにその夜、金縛りに遭う事はなかったが、しばらくは自転車で通う事にしていたという。

けだもの

「本当に後悔してるんです」

美妃さんが中学の時〈こっくりさん〉を始めたのはちょっとした好奇心から。

友達三人を女子更衣室に集めた。

「こっくりさん、こっくりさん……いらっしゃいましたら、大きく大きくお回りくださ い」

ところが四人が指先を置いた十円玉はぴくりともしなかった。

「何回か呼びなおしたんですけれど」

いくら待ってもこっくりさんがくる気配はなかった。

「ああ！　ヤメヤメ！」

突然、なかのひとりが指を離すと用紙をつかみ、くしゃくしゃに丸め、捨ててしまった。

「だめだよ！　そんなことしたら！」

「だって、動かないじゃん！」

それでこっくりさんは終わってしまったのだが、美妃さんには不吉な予感が強く残った。

放課後、彼女は同じように不安がっていた友達とふたりでやり直すことにした。

呪文《じゅもん》を唱え、待つと腕の先にゆっくりと何かが乗るような予感がした。

「え？　って思った瞬間でした」


十円玉が移動し始めた。


「さっきはすみませんでした」

〈いいえ〉

驚いたふたりはさらに謝った。

すると硬貨は〈いいえ〉を囲むようにグルグルと回り始めた。

「ねえ、あたしの後ろに誰かいるよー」

突然、友達が悲鳴に近い声をあげた。

〈あいつをゆるさない〉

十円は怒っていた。

「お願いします！　もうしませんから！　どうか帰って下さい！」

ふたりは絶叫した。

すると、ふいに動きが止まった。こっくりさんは帰ったようだった。しかし、〈許した〉とは言われなかった。

その夜、美妃さんの家に紙を捨てた友達がやってきた。

「どうした……の」

異様な雰囲気に美妃さんは言葉を失った。

「あたしを殺すって……おかあさん……急に包丁持って……。あたしを殺すって。凄《すご》い顔で」

テレビを見ていたら、目を真っ赤に充血させた母親が真後ろで包丁を振り上げていたのだという。

「結局、親に電話してもらったら、彼女のおかあさん全然、憶《おぼ》えてないみたいで……」

友達はその晩、美妃さん宅に泊まった。

異変は終わらなかった。

「彼女の家では、おじいちゃんが急死したり、親も離婚してしまったんです。あたしも、全然関係ない友達と撮ったプリクラに変なものが写ってたんです」

ふたりのあいだから毛むくじゃらの手が伸びていた。それは美妃さんの肩をつかむように差し出されていたという。

「人間より小さめの猿に似た手でした」

さすがに恐ろしくなった彼女たちは近くの神社に御祓《おはら》いに行った。

「動物霊か何かの低級霊が祟《たた》ったのだ」

宮司《ぐうじ》はふざけ半分でそのようなことをした彼女らを叱《しか》りつけた。

以後、変異は収まったという。

夜景

「夜景、見に行かない？」

あやは去年、ナンパしてきた男三人と友達、計五人である夜景スポットにドライブした。

「そこは本当にきれいなとこなんだけど……」

山のなかほどに夜景スポットはあるのだが、それをさらに上に登ると、先が完全な崖《がけ》になっており、飛び降り自殺の名所でもあった。

「結構、死んでんのよ……」

五人は小一時間ほど街の灯《あか》りを見ながら、たわいもない話をしていた。

すると急に激しい頭痛がしてきた。

「あれ？　なにこれ。ヤバくない？　って思った瞬間、前に青くて丸いものが、ボーッと浮いてたんです」

あれなに？　なんだろう？　全員が目で追っていると背中に強い視線を感じたという。

「男の子がその人魂みたいなのを見て、〈うわっ、やっぱり出るんだ！〉なんて言ってる時に、ぞくっとしたのね」

振り返ると崖の縁《へり》に人がずらりと並んで自分たちを見下ろしていた。

「おじさんも若いのも男も女も、すごい人数。全員が黙ってこっちを見てる。もちろん、声も足音も聞こえなかった……」

彼女は男の子たちを急がすと慌てて車でふもとに下りた。

今でもそのスポットに近づくと彼女は具合が悪くなるという。

トンネル

「小坪トンネルに行こうぜ」

ノリカズが仲間をそう誘ったのは今から六年前の夏。

「男ばっかり四人ですることもなかったんで、トンネルを通過すると霊に襲われるって噂《うわさ》のコッボに行く事にしたんです」

そうは言っても誰も行った事がなかったので案の定、迷ってしまった。微妙に海岸線を飲み込んだ逗子《ずし》一帯は、一度幹線道路を外れると、どんどん細く迷路のような道に入り込むことがある。

「おまけに乗ってたのがボルボだったんです。アレ、幅広じゃないですか。だから民家の壁をぎりぎりで避けなくちゃならなかったり、片側が崖《がけ》のとこを通らなきゃいけなかったり。ほんとマジしゃれになんなかったす」

三十分ほど迷いまくり帰りたがる運転手をなだめつつ先を行くと、やっと広い道に出た。

「あ、あそこ交番ジャン」

仲間が指差す先に赤い外灯があった。

「ラッキー」

さっそく車を横付けし、窓から声をかけた。

「あの……コッポトンネルどっちですか？」

「あ、コッポ？　この道、まっすぐ」

机に向かっていた警官はだるそうに道の先を指差した。するとバックミラーにヘッドライトが映った。

「広いっていっても片側二車線は取れない道だったんで」

運転手は後続の車両に気を使ったつもりでお礼もそこそこに発進した。

背後にやってきたのはトラックだった。


「それがピッタリつけてくるんです」

セダンに比べればトラックはずっと車高がある。真後ろに迫れば迫るほどヘッドライトがもろに車内に入ってくる事になり、乗っている人間はハイビームでなぶられているようになる。

「なにやってんだよ！　こいつ」

みな騒ぎ出し、運転手も意地になってスピードを上げだした。

「トラックなんてしょせんデカブツだから、ガッと引き離してやろうと思ったんです」

ところがいくらスピードを上げてもトラックはぴったりと背後についてきた。

「いい加減にしろ！　あぶねえよ！」

車内が明るくなったぶん、暗い外への視界が利かなくなった運転手が突然、怒鳴った。

「実際、ちょっと崖の端を踏んだんです。ガクガクッて車が鬼ぶるいしましたから……」

崖っぷちを走っていた。

それどころか、ところどころガードレールがちぎれていて、そんなところへ間違えてタイヤを落とせば海まで一直線だった。

「おい、いいからどっかで追い越させろよ！」

「だめだよ！　こいつ、スピード落とさねえんだもん」

運転手が悲鳴をあげた。

「ほんとにピッタリなんです。こっちのドライバーがスピード落としてもそのまんまですから……」

最終的には車間二十～三十センチという、ほとんど接触寸前の状態で疾走することになった。

「あぶない！　あぶないよ！」

車が時々、バカッともちあがり蛇行する。

見えない石に乗り上げたり、崖っぷちを踏んだりしていた。

「マジで事故るかもしれないって、その時、みんな思ってましたね」

「ふざけんな！　こいつ」

ノリカズは窓から身を乗り出すとトラックを怒鳴りつけようとした。

……できなかった。

「ボッキリ、首が曲がってたんです……」

トラックを運転していたのは長い髪の女だった。それが首を完全に折ったように肩のほうへカクンと垂らしていたという。

「顔はなんとか前を向いていましたけれど」

ノリカズは黙ってシートに戻ると運転手にどこでもいいから曲がって停《と》めろと告げた。

仲間もその気配にただならぬものを感じたのか文句を言わなかった。

「ここだ！」

運転手の叫びと同時に車はトンネルを抜けた先で右折し、急停止した。

タイヤが大きくきしみ、車体は派手に揺れた。

トラックは来なかった。

全員が反射的に車外に出て、トラックを確認しに行く。

自分たちのタイヤの焦げた臭《にお》いと、路面にくっきり残ったスリップ痕《あと》だけがあった。

トラックは消えていた。

姿はおろか、立ち去る音もない。

「なんだよ……あれ」

仲間の声が震えていた。

「トンネルからそこまで脇道はないんです。だって最初の道で曲がったんだから」

それ以来、彼らは同じメンバーで心霊スポットへ行く事はなくなったという。

階段の子

その日、カナミさんがバイト先から自分のアパートに戻って来た時にはすでに日付が変わっていた。

「働いているデパートのバーゲンの準備に追われていて、終電で戻ったんです」

彼女のアパートには外階段がついていた。ヒールが音を立てないようゆっくり上る。

ふと顔を上げると、てっぺんに子供が座っていた。上り始めた時にはいなかった。

「不気味な子でした」

五～六歳、おかっぱ頭の少年は彼女をジッと見下ろしていた。

彼女は薄ら寒いものを感じ、そのまま脇を通り過ぎようとした。

ゾクッとした。少年の手が自分の太もものあたりをソッとなでたのだ。

彼女は足を止めずにそのまま自分の部屋の前まで行ってから振り返った。

少年は首だけを向けて見つめていた。

その夜は疲れているはずなのに寝つけなかった。それでもフッと意識が遠のいた時、バタンと部屋のドアが閉じる音で目が覚めた。

部屋のなかに人の気配がしていた。

彼女は起き上がると玄関まで調べに行った。ガラス戸を開ける直前、白い影が薄くドアから抜けていったように感じた。心臓の鼓動が激しくなった。

「なんなの……」

自分を勇気づけるかのようにふと言葉を漏らした。台所横の玄関に変化はなかった。チェーンも鍵《かぎ》もかかっているようだった。

ベッドに戻ろうとした時、トイレのドアが開いているのに気づいた。

隙間《すきま》から男の顔が覗《のぞ》いていた。

男は自分の舌を握っていた。それをグイッグイッと引く。

目は彼女にぴたりと向けられていた。

声も出せずに硬直しているとドアが開き、蒼白《あおじろ》い顔の男が一歩踏み出してきた。

生まれて初めてカナミさんは失神した。

「男のことも男の子のことも大家さんにたずねたんですけれど……結局、何も教えてくれませんでした」

契約が残っていたにもかかわらず、引っ越しますというと大家は黙って保証金を全額返してくれたという。

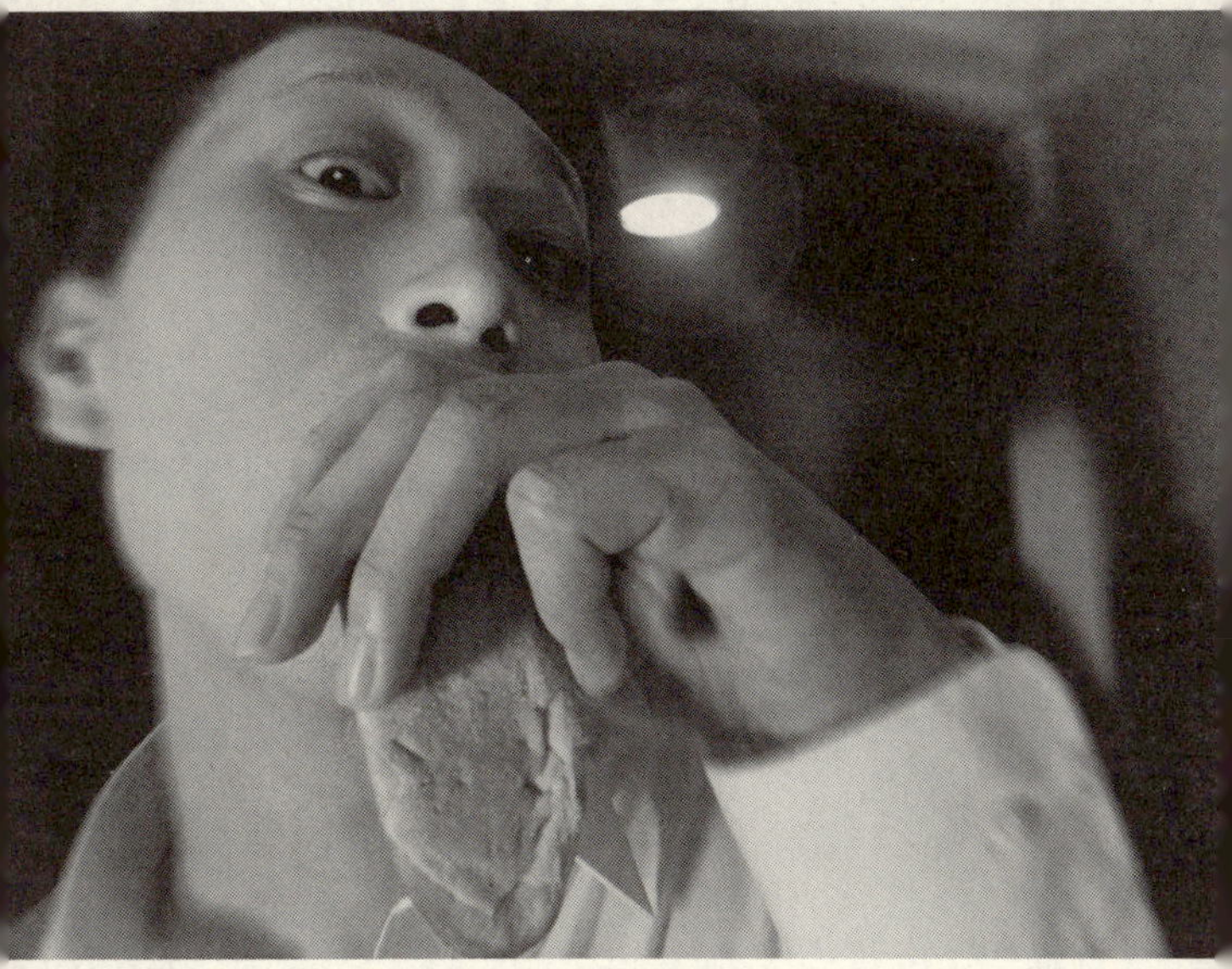

携帯

「高一の大晦日《おおみそか》のことでした」

友理江は近所にある神社に友達と連れだって行き、年越しの雰囲気を少し早めに楽しんだ。

「その神社っていうのがわたしの中学のすぐそばなんです」

彼女たちは神社の裏手から出ると中学校の前を通って帰ろうとした。その時、鋭い、切るような殺気を感じたという。

「なんだろうって、今まで感じたことがないような怖さでした」

口には出さなかったが、その場にいた全員が黙って互いの顔を見合わせていた。

「なんだろうねぇ」

ひとりがぽつりと口に出した時、学校の体育館の非常階段へと目が向《む》いた。

女がいた。

「白い服の、髪の長い女でした」

髪の間から目だけ覗《のぞ》かせた女がたったひとり、誰もいないはずの体育館脇に立ち、にらみつけていたという。

「たぶん、直接見えていたのはわたしだけじゃないかと思うんです。みんなゾッとはしてたけど女のほうを気にしてなかったから……」

目が合ってしまった。

そそくさと誰からともなく逃げるようにその場を離れたが、友理江には女が自分を見ていたように思えてならなかった。

翌朝、気がつくと携帯に伝言が入っていた。

「でも、非通知なんです。非通知でかけてきて留守ロク残す子なんかいないし……」

変だなと思いながら聞いたという。

〈……たくせ……〉

よく聞こえなかった。

もう一度、再生し直した。

〈……えたくせ……〉

声は先程より大きく鮮明になった。

「なにこれ?」

友理江は三度目の再生をした。


〈見いえてたくせにいいいい〉


神経を逆なでするような女のざらついた声が耳に飛び込んできた。

「うわっ!」

友理江は思わず携帯を放《ほう》り出した。

携帯は着信もないのに、しばらくベッドの上で震えていたという。

正月、友理江は親戚《しんせき》が集まっていたのでさっそく霊感の強い伯母《おば》にわけを説明した。

「あ、それはだめだよ。あんた」

伯母は携帯を持ってこさせると手には取らず床に置かせた。

「迷ってるね……こいつ」

伯母はそう呟《つぶや》くと御祓《おはら》いを始めた。

「あんたは憑《つ》かれやすいから気を付けなくちゃ駄目だ」

伯母はそう忠告した。

以来、妙なことは起きていないが、今でも夜に伝言が入っていたりすると、一瞬ドキッとすると彼女は呟いた。

あかずの部屋

チカは去年の夏に行った渋谷のラブホでの話をしてくれた。

「金曜の夜で全然、空いてなかった」

仕方ないから帰ろうかと坂をとぼとぼ下りていたところ、今まで満室だったサインがポッと空室に変わったという。

「ラッキー」

しかし、入ると案内パネルは満室状態。

「あれ？　空いてないジャン」

彼がフロントに聞きに行くと、

「空いていたのはパネルに無い部屋だったんです」

四階の奥にその部屋はあった。

「なんだかすごくカビ臭かった。そこは風呂場の壁が透明な硝子《ガラス》で、ベッドから丸見えなの」

彼が先にシャワーを浴びに行き、チカはベッドでテレビを見ていた。

すると壁にいくつもの線がついているのに気がついた。

「なんか爪《つめ》で引っ掻《か》いたような傷で……」


壁紙が深くえぐれていた。


イヤな感じがした。

「なんかすごく落ち着かないの。臭《にお》いも変だし、部屋のなかがすごく古くて」

機械が壊れているということはなかったが、テレビもベッドもずいぶん昔の設備だった。

「ここさ、絶対に客を入れない部屋だぜ」

シャワーから戻ってきた彼が呟《つぶや》く。

「だって自動販売機の中、何もないじゃん」

言われてみれば空っぽだった。

「普段使わないからだよ」

「変な事言わないでよ」

チカはシャワーを浴びようと立ち上がった。髪を洗っていると水を踏む音がした。振り返ると誰もいない。その時、背中を誰かが触った。誰もいなかった。

「なんか変だよ、ここ」

「うん。さっきから誰かしゃべってくるんだよ。遠くで何か一生懸命言ってる。テレビかと思ったらＣＭになっても声が終わらないんだ」

「馬鹿！　変な事言わないでよ」

ふたりはなんとなくシラけてしまい、そのまま眠ろうということになった。

「怖いからライトは明かりを絞って点《つ》けたままにしたんです」

始めは緊張していたが、それでも日頃の疲れが出て、ウトウトしてしまった。

ギリギリ……ギ……ギ……。

妙な音で目が覚めた。体は動かなかった。

〈いやだ！　なにこれ！〉

金縛りなど生まれて初めての経験だった。

ギリ……ギリ……ギリギリギリギリギリ……。


音は風呂場から。

ぼんやりとした灯《あか》りの中、浴槽が見えた。

何かが見え隠れしていた。


ギリギリギリギリ……。


女の頭だった。

それが音と一緒に上下に揺れていた。

〈バスタブを引っ掻いているんだ……〉

なぜか彼女はそう思った。

そしてその瞬間、女の動きが止まり、ゆっくりと顔を上げた。長い髪、切り揃《そろ》えた前髪の下にただれたように腐った眼球があった。それは汚れた目でチカを見つめていた。

恐ろしくなったチカは隣の彼を起こそうと、動かない体で必死になって振り返った。

女がいた。

ぶくぶくと溺死者《できし》のように膨らんだ顔で女は彼とチカとのあいだに挟まっていた。

〈ふわぁ〉

それはゆっくり口を開けると声を失っているチカの腕に、かぷりと生暖かく噛《か》みついた。

目の前が真っ暗になった。

翌日、チカは彼に起こされるまで失神していた。

「何日かして彼が〝あそこ、〈あかずの間〉だったらしいよ〟って言うんです。あたしがシャワー浴びている時にいろいろ引き出しとか開けて、ノートを見つけたんですって。そこに〈ここは、とても怖いあかずの間です〉って書き込みがあったらしいの」

チカは二度とそのラブホには行かないと言った。

ひっかくもの

チヒロは以前、DJと付き合っていた。

「彼はイケメンですごい競争率高かったんだけど、なんとか付き合う事に成功したの」

彼の実家は浜松でウナギの養殖を手広くしているらしく……。

「いずれ帰ることになるから、それまでは飽きるほど東京で遊ぶのが仕事」と言っていた。

「彼のマンションは三軒茶屋にあって、もちろん親の持ち物なのね」

ある時、彼は夜中にアイスが食べたくなったとコンビニに買い出しに出かけた。

「わたしはだるかったから部屋に残ったの」

テレビを見て、しばらくすると突然、停電になったという。

「バチンって音がして、真っ暗！　なんにも見えなくなっちゃったの」

ブレーカーの位置もわからない彼女は仕方なくメールで彼に停電になったことを知らせ

ようとしたが、彼は携帯を置いていってしまっていた。

「しばらくすると部屋のすみで〝ブーッ〟て彼の携帯が着信点滅してんの。やんなっちゃう」

仕方なくチヒロは天井をぼんやり見つめていた。すると、

〈バリバリバリバリ!〉

と、すごい音が聞こえた。

「なんか壁とかをものすごく長く引っ掻《か》いてるような音」

突然のことに身を固くしていると再び音がした。

〈バリバリバリバリ!〉

「なに?　なによ~」

半ベソになったところで彼が戻ってきた。

ブレーカーを戻し、半泣きになっているチヒロから話を聞いた彼は顔を曇らせた。

「まだ出んのか〜。ヤベェなあ」

彼の話では昔つきあってた元カノがものすごくヤキモチ焼きで……。


「殺したらしいの……」


当時、飼っていた猫を彼の帰りが遅いからと壁に投げつけて殺したのだという。

以来、たまに壁がズタズタになる。一週間後、チヒロは彼から別れを告げられた。

「どうしてって聞くと猫の霊が嫉妬《しっと》するからだって。……バカみたい」

それでもチヒロのモノグラムのバッグには何かに引っ掻かれたような痕《あと》が残っている。

きな粉の女

「うちはチョー田舎《いなか》だったんで、すぐ噂《うわさ》が広まっちゃうんですよ」

エミは高校時代、陸上部のキャプテンと付き合っていた。

「彼は学校でも目立つほうだったし、わたしはわたしでテニス部のキャプテンやってたから……」

テニス部と陸上部のキャプテン同士が付き合ったとなると〈大騒ぎ〉になるのだという。

「それにお互いの家も結構、厳しくって」

『学生は勉強するのが本分！　不純異性交遊など言語道断だ！』と父親は叫んでいたらしい。

「だからデートするなら夜中しかなかったの」

ご存知のように田舎の夜は早い。エミの家では家族はみんな十時前には寝てしまうが、エミだけは受験勉強の名目で夜更かしが許されていた。

「だから夜中の十二時ぐらいになると……」

ふたりは携帯で連絡を取り合っては外で会っていた。そっと自分の部屋の窓から抜け出すと待ち合わせの公園に向かい、一時間ほどおしゃべりしたら別れる。

「今から考えたら信じられないくらいプラトニック」

並んで缶コーヒーを飲んだりするだけなのに、それがとても楽しかった。

「でもある時、変な酔っぱらいがきたのよ」

酔っぱらいはふたりを見てネチネチとからんだという。

以来、公園で会うのは気が進まなくなった。

「そしたら彼がぴったりの場所があるって」

工場跡だった。彼女が小学生の頃に閉鎖してから放置されたままになっていた。

「でもそこは昔、女の人が灯油かぶって焼身自殺したとこだったのね」

もう十年以上前のこととはいえ、深夜にそんな場所に行くのは怖かった。

「駄目だったら、またよそを探せばいい」

彼はそう言って彼女を廃墟《はいきょ》に誘った。

「なかはホコリとゴミだらけだった」

ふたりは門から離れたボイラー室のようなところに入った。

「小さなプールみたいな空間で、壁に天井まであるような大きなタンクが三基ならんでた。周りはタイルを貼《は》った壁で囲まれていて外から丸見えにならないので隠れて会うにはぴったりのとこでしたね」

彼がタンクの陰の床にジャンパーを敷くと、ふたりは並んで座った。

本来、騒がしいはずの虫の音がそこでは全く聞こえなかった。

「なんか涼しいね……」

「やっぱ違うとこにしようか」

「今度、違うところを探そう……」

なんとなく落ち着かない感じのふたりは口数も少なくなっていた。

「なんか、きな粉の匂《にお》いがしないか」

突然、彼が鼻をクンクンさせ始めた。

「え？　しないよ」

「そうかなぁ……。俺にはする……」

彼は立ち上がり、匂いのもとを確かめようとするかのように鼻を鳴らしながら部屋のなかを歩き始めた。

「なにやってんの……ばか」

変な場所を選んでしまった気まずさをごまかすためにふざけているんだ……と思ったエミは笑った。

彼はタンクの裏に回り、見えなくなった。

「ねえ？　なにしてんの」

戻ってこない彼にじれてエミが呼んだ。


返事はなかった。


彼女は立ち上がると彼が消えた先に向かった。タンクと壁の隙間《すきま》に彼が立っていた。

「最初見た時は、オシッコしてるのかな？　と思ったんです」

彼は隙間に向かい足を開いて立っていた。

「ねえ！」

反応をしない彼に強い調子で声をかけようとした瞬間、焦げたような臭《にお》いが鋭く鼻をつくのに驚いた。

「一瞬、大きめのゴミ袋かなと思ったんです」

ちちちちちちちち……。

人間の残骸《ざんがい》がうずくまっていた。

「げぇ」

それを凝視していた彼の喉《のど》が鳴った。

するとそれは、焼けとろけた体をくねくねと這《は》わせるようにして、ふたりのほうへあっと言う間に寄ってきた。

「流れるみたいにザーッって来たんです」

次の瞬間、彼はエミの脇を駆け抜けていた。

足首に綿で締められるような妙な感じがした。

女がさわったのだと判《わか》った。

エミもダッシュした。

「帰って見ると、さわられた足首のところが握られたみたいに変色してました」

彼とはそれ以来、会わなくなったという。

「今でも元陸上部とは付き合わない。自分より早く逃げられたら困るもの」

エミはそうため息をついた。

居残り

「うちのビルはテナントが最後の戸締まりをして帰るようになってるんですね」

武田さんのビルは都心の一等地にあるのだが、六階建ての比較的小ぶりのものだった。

「各階の戸締まり担当が消灯して鍵《かぎ》を管理人室に預けると、そこからは警備会社の責任になるんです」

武田さんのいるフロアーには会計事務所と輸入品の卸問屋、そして彼女の勤める電飾などを扱う照明会社があった。

「ほとんど男の人ばかりの職場なんですが、みんな営業なんで会社に最後までいるのはわたしか経理を担当しているオーナーの奥さんなんです」

三週間に一度の割合で〈戸締まり担当〉は回ってくる。

担当の会社は自分たちが早く終われば残業しているテナントに鍵を渡して帰ることになっていた。

ある時、武田さんの会社でトラブルが起きた。

「なんか発注ミスしたみたいで、品名のミスならまだいいんですけれど、数量をミスったんです」

最低ロット一千個の豆球を、ロット＝一個だと間違えた担当が二千ロット注文を入れてしまった。二千個必要な豆電球が二百万個やってくることになりかねなかった。

「社長なんか頭から湯気出して怒鳴りつけて、担当は蒼《あお》くなったままトイレで吐いちゃったりして……」

とにかくその日は一日中、暗く重い雰囲気になってしまったという。

「おまけに来月は社員旅行で温泉に行く予定だったのが」

社長は発注が取り消せなかったら社員旅行なんか取り止めだと叫んだ。

処理には結局、三日ほどがかかった。

「いやぁ、なんとかなった、良かった良かった」

最後に相手先から発注変更を了承させた社長は心の底から助かったという顔でゲン直しだ！　とばかりに居残っていた社員らへ呑《の》みに出かけようと言った。

「ところがまだ外に出てる社員がいたんです。帰ってくる予定が遅くなってるみたいで」

携帯に連絡してもつながらなかった。

他のテナントは全《すべ》て終業していた。

「悪いわね、武ちゃん。あいつ来るまでちょっと待っててやってよ」

そう奥さんに言われ、武田さんは居残ることになった。

「わたしだって、毎日遅くまでみんなと付き合って残業したのにって思いましたけど、奥さんに頼まれれば断るわけにもいかなくて」

社員が出て行くと節電のため照明は武田さんが座っている机の周囲を残して消された。

「（暗くしても）いいわよね」

奥さんが気をつかって声をかける。

「はい」

武田さんは頷《うなず》いた。

三十分たったところで武田さんは戻ってくるはずの社員に電話を入れた。

留守録になってしまった。

「みんなが行っている居酒屋は知っていたんで用件と店名だけ吹き込んでおきました」

既に時刻は十一時になろうとしていた。

突然、電話が鳴り、社長の酔った声が聞こえた。

〈武田ぁ、悪い悪い。あいつ直接、こっちに来たからぁ。戸締まりして来いよ〉

武田さんは連絡もしてこない社員に腹を立てながら急いで帰り支度をした。

部屋の電気を消し、廊下に出るとビルはシーンとしていた。

「その時、ちょっと薄気味悪い……と思ったんですね」

初めてそんな風に思った。

施錠し、エレベーターを待つ。

廊下の照明のスイッチを消し、エレベーターに乗り込み、一階を押した。

ドアが閉まりかけた時、スーッと髪の長い女が横切った。

「見たこともない人でしたけど」

女は武田さんの前を通り過ぎた瞬間、薄く笑いながら会釈した。

「その人、トイレのほうへ向かったんです」

武田さんは反射的にエレベーターの外に出ていた。

背後でエレベーターの扉が閉まり、階下へと降りていった。

廊下は暗かった。が、女の消えたトイレだけ明るく点灯していた。

消したはずだった。

「前に一度だけ酔っぱらった人が侵入した事があるんです」

捕まえる気はなかった……ただ様子を見て、下の管理人に報告しようと思ったという。

トイレのドアは開け放たれていた。

女の姿はなく、左側に並んだ個室のなかから小さな物音が聞こえてきた。

「メロンとか林檎《りんご》とか果物を食べているようなシャリシャリした音が聞こえてきたんです」

武田さんは足音を忍ばせながらそっと進んだ。

音は一番奥からしていた。


しゃりしゃりしゃりしゃり……。


ドアの脇に立つと、そっと中を覗《のぞ》き込んでみた。

あの髪の長い女が座っていた。

座りながら腕を顔の前に、真横にしていた。


しゃりしゃりしゃり……。

女は手首を囓《かじ》っていた。


胸元まで赤い血で濡《ぬ》れていた。

「もう頭の中が真っ白になっちゃって……」

がくがくする膝《ひざ》を支えながらエレベーターの前まで戻った。

今にも女が後ろから飛びかかってくるような気がした。

エレベーターは何故か一階ずつ停止しながら上ってきた。

「誰もいないはずなのに、ありえないと思いました」

ふとトイレの灯《あか》りが消えた。

フロアー全体が真っ暗になった。

エレベーターの表示ランプとボタンの灯りだけがぼーっと浮かんでいた。

武田さんは必死になってボタンを押し続けた。

一秒でも早く乗り込みたかった。

女の足音が今にもトイレから聞こえてくるような気がした。

ザァー。

エレベーターのドアが開いた。彼女は駆け込むと夢中になって一階のボタンを押し、続いて閉じるボタンをガチャガチャと押した。

ドアがずるずる、じれったく閉じた。

ホッと上を向いた。

人の首がびっしり天板に貼《は》り付き、笑いながら彼女を見下ろしていた。

気がつくと一階でドアに挟まれていた。

倒れた彼女の腰に当たったドアは、いつまでも音をたて開閉を繰り返した。

「時間はそんなに長くなかったと思うんです」

腰が抜けていた。

這《は》うようにして彼女はエレベーターの箱の外に出た。

するとエレベーターはすぐ上昇していったという。

「下りてくる」

彼女は立ち上がり、管理人室に向かった。

管理人の老人は彼女が鍵を手渡しながら今の出来事を訴えたのに、テレビに顔を向けたまま「あーそう。あーそう」とニコニコしていた。

裏口を出る際、エレベーターが到着したベルの音が背後で響いた。

「結局、社長にもその事は言わずに結婚するからと辞めてしまいました」

今でも飲みに行くことがあると近くを通るという。

雑巾のように……

「マー君と付き合ったのは二年ぐらい前。クラブのDJやってる子に紹介して貰《もら》ったの」

ノゾミは紹介して貰った翌週からマー君と同棲《どうせい》を始めた。

「やっぱり離れてると淋《さび》しくなっちゃうし……。それにマー君もあたしも独り暮らしだったから、まあいいかってカンジで」

暮らし始めたという。始めから〈よく鳴る家〉だなとは思っていた。

「なんかほら、パシッパシッっていう音がね。すごくするの。夕方、ひとりでいる時とか火花が散るような音や木の割れる音がうるさいぐらいになる」

マー君に相談しても、「ああ……そうねぇ」と相手にはして貰えなかった。

「別にあたし、霊とか全然、怖くないし。そんなの出てきたら見てみたいっていうぐらいだったから……。その時は別に気にしなかった」

マー君は昼間は原宿の店で洋服屋の売り子をし、夜になるとDJとしていろいろなクラブに参加していた。

「DJとか言ってもまだ二十歳になったばっかだったから、そんなに喰《く》えるわけでもないし、有名でもないの。でも可愛《かわい》いし、そういうとこでは礼儀正しいから。上の人には可愛がられていたみたい」

ノゾミも仕事を終えるとマー君の出演するクラブへ出かけ、閉店まで過ごしていた。きちんとクローゼットにしまっておいたお気に入りのワンピにもカビが生えてしまった。

「たった一週間おいといただけなのに、すんごい生えちゃって。超ショックだった」

マー君は可哀想《かわいそう》だと言って一万円くれたという。

「バイトの一万ってデカイでしょう。それなのにポイってくれるんだもの。超感激した」

ある時、ノゾミは風邪《かぜ》を引いて寝込んでしまった。

「前の日、寒い寒いって寝てたら、朝になって四十二度とか出てんの。もうマジでびっくりして速攻、休みの電話入れてえ」

フローリングの床の上に蒲団《ふとん》を敷くとマー君が買ってきてくれた風邪薬を飲んで横になった。

熱はなかなか下がらずノゾミはボーッとした頭のまま時折、目を覚まし、水を飲み、トイレに行き、そしてまた戻ってきては寝るを繰り返した。

「その日、マー君は結構、大きな店に呼ばれてたし。絶対に帰りは朝だなって……」

夕方、何度か携帯で具合を訊《たず》ねる連絡が入ったが、それもＤＪが始まる時間になると留守録になってしまった。

四度目に起きると、もうすっかり夜になっていた。

「立つと舟に乗ってるみたいに床がぐらぐらって持ち上がるような感じがした」

彼女は冷蔵庫にあったプリンを少しだけ食べるとクスリを飲み、蒲団に入った。

どのくらい時間がたっただろう……。

何かの息づかいが聞こえていた。

「熱でボケてるから自分の息が他人のように聞こえるのかなって思ったんだけど……」

自分の息ではなかった。

目を開けるとぼんやりと部屋のなかが見えた。


ふつふつ……。

掛け声のような音は蒲団の反対側でしていた。

部屋の隅に女がいた。


女はこちらに背中を向けながら体を前後に揺らしていた。

「あ～、雑巾《ぞうきん》掛けしてるんだって思ったの。怖いとは思わなかった。ただ何でこの人ここにいるのって、そればっかり考えてたな」

マー君の彼女という感じではなかった。

「もっと年上。三十とかだね。背中や全体の雰囲気からそういう感じに見えた」

ノゾミは体をゆっくりとだが起こした。

「だれ?」

すると女の動きが止まった。

答えを待つノゾミと女の間で長い沈黙があった。

ふっふっふっふっ……。

女はまた体を揺らし始めた。

「なにやってんの?」

ノゾミは人の部屋に上がり込み勝手なことをしている女に腹を立て、ふらふらしながら立ち上がると近づいた。

「ねえ。あんた何……」

背後から近づくと女の手にしているものが目に入った。

ノゾミは金縛りにあったように動けなくなってしまった。

女は手にした物を両手で押さえつけ、まるで雑巾のようにそれで床を拭いていた。

裸の赤ん坊だった。

「赤ん坊って言っても、まだ全然大きくないのよ。お腹《なか》のなかにいる胎児そっくり」

ふっふっふっ……。


女は赤ん坊の身を床に擦りつける。


赤ん坊の顔は女の手が、がっしりとつかんでいるので表情は判《わか》らなかった。

床にはぬらぬらした血糊《ちのり》のようなものが拡《ひろ》がっていた。

何ともいえないカビのような腐臭が立ち込めた。

不意に女が立ちすくんでいたノゾミの腕をつかんだ。

ぐいっと引かれたが転んだら死ぬと直感した。

「絶対に転んじゃ駄目だと思った」

ぼさぼさ頭の女の目は真っ黒だった。

それは眼球がないのではなく、黒いゼリーのようなものが詰まっているだけの目だったという。

ノゾミはそこで失神した。

気がつくとマー君が心配そうに見つめていた。

「もう朝になっていたの」

ノゾミはマー君に抱きつくと女のことを話した。

「わたし、部屋の反対側で壁に体を擦り付けていたんだって、マー君は言ってた。声をかけてもしばらくは何も反応しなかったって……。ただ自分で自分の腕を毟《むし》るようにしてたって……」

ノゾミの話を聞いたマー君はため息《いき》を漏らした。

「ねえ、ここ変だよ。大家さんに言って他の部屋にして貰おう。それか引っ越す。絶対に敷金とか返ってくるよ。大丈夫だよ」

ノゾミの言葉にマー君は力無く「無理だよ」と呟《つぶや》いた。

「マー君、そこが自殺のあった部屋だって知ってて借りてたの。それもまだ死んでから半年もたってないんだって。超格安。隣の部屋の三分の一なんだってさ」

ノゾミは次の日から自分の部屋に帰った。

暫《しばら》くしてふたりの仲も終わってしまった。

「御札ぐらい貼《は》っとけっていうんだよ。あいつ、何にもしてないの……」

ノゾミはフーッと煙草《タバコ》の煙を吐き出した。

コーヒーカップ

「……ひと月ぐらいたった頃かな」

ミクはそのカップに気づいた時のことを話してくれた。

当時、大学生の彼とつきあっていた彼女はちょくちょく仕事の帰りに彼のマンションへ泊まりに行っていた。

「実家が名古屋のほうで会社をやってるらしくて」

彼は父親が買った三軒茶屋の３ＬＤＫのマンションに独り暮らしをしていた。

「両親がふいにやってくるっていう心配もないしね。だんだん通っているうちにわたしもそこから仕事に行けるように私物を置くようになったのよ」

仕事が終わると先に戻っている彼と駅で待ち合わせ、夕食を済ませてからマンションに帰る、プチ同棲《どうせい》が始まった。

「それはそれで新鮮だったんだけど……逆に見なくていいものも見えてくるのよね」

ミクは、男性には元カノを記録しておきたいタイプと完全に忘れてしまうタイプとふたつあるという。

「そうかな」

「そうだよ。メモしたり、プリクラ残しておいたりする奴いるもの……」

その彼も〈記録しておきたい派〉だったという。

「さすがに写真とかはなかったけど」

いろいろとプレゼントして貰《もら》った物が取ってある。

「マフラーとかセーターとか財布とか」

ミクが臭いと睨《にら》んだ物は大抵、元カノからのプレゼントだった。

「で、捨てさせたんだ」

「うん。捨てるって言ったもの」

それでも完全に捨てるわけではないという。

「なんか裏でシコシコ隠してるんだよね。こっちはいるならいるでイイよって言うんだけど。捨てるっていうから安心してるのに……またベッドの下とか押し入れとか、分かり易いところに隠してるんだなぁ」

で、それを発見すると当然、今度は面白くないミクがキレて喧嘩《けんか》になるのだという。

ある日、体調を崩したミクが彼のベッドで休んでいた。

「何ヶ月かに一度、すごく重くなるのね……」

彼はどうしても出なくてはならない必修講義があるということで不在だった。

「夕方だったと思う……」

激しい喉《のど》の渇きを覚えたミクは台所でカップに水を汲《く》んだ。

飲もうとして手が止まった。


カップのなかに顔が映っていた。


当然、自分の顔のはずだが違っていた。

「ふわぁ〜、なにこれぇっていう感じだった」

ゆらゆらしているなかの顔は自分とは似ても似つかない顔だった。

薄気味悪くなったミクはカップの水をシンクに捨てた。

他のグラスを使うと顔はなかった。

もう一度、さっきのカップに水を入れる。

やはり顔は浮かんでいた。

「なんか凄《すご》く厭《いや》な顔で睨んでいるのね。目にすごい敵意まんまんッてカンジ」

花柄のコーヒーカップだった。柄のところに〈……記念〉と掠《かす》れて読めない金文字が印刷されていた。

ミクは水を捨てるとカップを置いた。

寝直そうとベッドに潜り込んだが、妙に目が冴《さ》えてしまっていた。

「普通ならもっとびっくりするはずなんだけど、全然驚かなかった。やっぱ熱とかでボーッとしてたんだよね。感じ方が普通じゃないんだから」

ベッドからカップが見えた。

急にいまいましい感じがした。

「あの女、なにしてんだろうって。頭にきちゃったのね」

ミクは起きあがり、薬缶《やかん》を火に掛けると湯を沸かした。

陽《ひ》が窓から外れ、部屋のなかはボーッと薄暗くなっていた。

カップに浅く水を入れると、やはり女の顔がでていた。

「なに見てんのよ……関係ないんだよ」

ミクは呟《つぶや》いたが女は睨んだままだった。

やがて薬缶が音をたて湯が沸き立つのを教えた。

「おまえ、関係ないんだよ」

熱い薬缶の把手《とって》を握り、ミクは睨んだままの女めがけ、カップに煮え立つ湯を注ぎ込んだ。


〈ぎえええ……〉


悲鳴はカップではなく天井で響いたという。

白い湯気が引くのを待って覗《のぞ》くと女の顔は残っていたが、それは先程よりも歪《ゆが》んでいた。

「あれ、捨てないの」

ミクは帰宅した彼にカップを指差した。

彼は虚を突かれたようにドギマギし、ああ……とか呟いてカップをしまった。

「あの子。もうこの世にいないんだ」

彼がそう呟いたのはその日も終わろうとしている夜中のことだった。

「おれんちから帰る途中で車に引っかけられちゃって、打ち所が悪くてさ……それきり」

「でも、彼女あそこにいるよ。見たもの」

「そんな……」

「ほんとだよ。カップのなかに顔が出てたもの。だからわたし、お湯いれてやったんだ」

「え！」

彼の顔色が変わった。

その時、電話が鳴った。

「はあぁ〜ぁ」

しばらく話していた彼はやがて力無く電話を切った。

「したって……よぉ」

口調が変わっていた。

いつもの優しいトーンは消え、その声は低く、唸《うな》り声のようだった。

「おまえ……どうすんだよ……」

ミクを振り返った彼の顔は怒りで歪んでいた。

「なに？　なによ？」

「どうすんだよぉ……ネーちゃん、やけどしたってよ！　顔半ブン！」

飛びかかってきた彼の体を辛うじてかわしたミクは服とバッグを抱えた。

「ネーちゃん?!　しらないわよ！　関係ないわよ！」

「おまえ、やったって言ったジャン。あれ、ネーちゃんのカップなんだぞ！」

「なにいってんのよ。死んだ女のって言ったじゃない」

「ネーちゃんのなんだよ!!」

ミクの言葉が終わらないうちに彼はつかみかかって来た。

髪が乱暴に引かれ、ブチブチと切れる音が頭の中に響いた。

ミクは悲鳴をあげると髪が千切れる痛みを振り切って、部屋の外へと逃げ出した。

「今も少し毛が薄いのよ。抜けたとこだけ。もうなんかゴチャゴチャ残しておく男はこりごりだわ」

ミクはくやしそうに呟いた。

峠の出来事

「今で言うヤンキーだったのね」

和代は高校時代に付き合っていた彼の話をしてくれた。

「三年の夏だったかな。あたしは割と早く就職決まってたんだけどカレは狙《ねら》ってた会社をふたつぐらい外しちゃって、ちょっとイライラしていたのね」

ある土曜の深夜、彼はドライブに行こうと誘ってきたという。

「もう十一時過ぎてたし、親も結構うるさいからイヤだって言ったんだけど」

強引に呼び出されてしまった。

彼は和代を乗せるとタイヤを軋《きし》ませながら発進した。

「やだ！　みんな寝てるんだからね」

和代の抗議も耳に入らぬかのように彼はハンドルを握ったままフロントガラスを見つめていた。

「季節によって山寄りだったり海寄りだったりするのね。それと車がそれなりに目立つやつだったから、族が出てそうなとこも避けるの。だからルートはだいたい決まって来るのよ」

その日、彼は山寄りへ向かい始めていた。

「あんまり話しないから、こっちが気をつかってあれこれ話すわけ。終《しま》いにはなんであたしが夜中に呼び出されてこいつのご機嫌取らなくちゃならないんだとも思ったけれど」

やっぱり自分より彼女が先に就職決まったという事実が彼には重いんだなと和代は考え、なるべく楽しませてあげようと話を続けていた。

「たわいもない話。クラスの誰と誰が付き合ってるとか……そういう」

車は山を登り始めた。

外灯の少ない、ひとけのない路面をヘッドライトがぼんやりと照らしていた。

「あんまり飛ばさなくていいよ」

タイヤを鳴らしながらカーブを曲がる彼に和代はそう声をかけた。

暫《しばら》くして煙草《タバコ》をくわえた彼のために車のライターを押し込み、飛び出したところで火をつけようと持っていった。

先端を火口につけようと彼が屈《かが》んだ途端、アッと悲鳴が漏れ、彼女は猛烈な力で体を窓にぶつけてしまった。

「ど……どうしたの」

彼はハンドルに頭をくっつけ、唸《うな》り声をあげていた。

「すごい声。初めて聞いた。人があんな声出すの」

やがて彼は顔を上げると和代の問いには答えず、乱暴にドアを開け、外に飛び出した。


人が倒れていた。

「やだ。なにこれ」


作業服姿の男だった。

外灯が周囲に飛び散った血を暗く浮かばせていた。

「はねちゃったよ。急に飛び出してくるんだもんな……」

彼の声が震えていた。

その時、派手なクラクションと共に一台の乗用車が、ふたりのスレスレを走り抜けていった。

「死んでんの?」

「しらねえ」

彼は男の様子を調べようと屈み込んだ。

「どうすんの。救急車呼ぶ?」

「馬鹿、こんな山の中、来るまで放《ほう》っておいたら死んじまう」

「だって死んでるんでしょう」

「まだ決まってねえだろ。足、持て」

「え? わたし?」

彼はそう言うと男の体を引きずるようにして運び始めた。

「首がね。捻子《ねじ》が外れちゃったようにグラングランしてるの。ああ〜、もうこれはだめだなぁって思った」

胃の辺りが絞られるような感じがして、彼女はガードレールの端に少しだけ吐いた。

早く家に帰りたかった。

男は後部座席に寝かされた。

「大丈夫ですか」

彼の問いかけにも応答はなかった。

「もうそっからは凄《すご》い飛ばしてた」

彼は前方を睨《にら》みながら「死んじゃう……死んじゃう」と呟《つぶや》いていた。

「たぶん、逃げる気はなかったと思う。ただ死んでるように見えるけど死なせたくないっていう、その一点ね。他のことは自分が助かるとかどうとかそういうことは彼は考えてなかったと思う。そういう人じゃなかった」

それにしてもスピードが出過ぎていたと彼女は言った。

「だってずっと後輪鳴らしてるんだもの。下りだから危ないでしょう」

悲鳴にも似た絶叫が彼の口から飛び出したのは、彼女がそう思った直後だった。

今度はすごい衝撃が和代の体にも伝わってきた。

「音もしたの。大きな板で砂袋を叩《たた》くような」

車が急停車し、そのはずみで後部座席の男が落ちたのがわかった。

「なんでだよ……なんでだよ」

彼はハンドルを握りながら呪文《じゅもん》のように繰り返していた。

「その時はあたしが先に降りたの」

道路の端に長い髪の毛が拡《ひろ》がっていた。

若い女だった。

運転席に座っている彼のもとに戻ったが、かける言葉がなかった。

彼はぼんやりと座ったまま和代を見上げた。

「紙みたいに真っ白になってて……まるで幽霊みたいだった」

ふたりは黙ったまま見つめ合っていた。


〈おぉうつふ〉


咽《む》せるような声がした。

女の体が僅《わず》かだが動いたように見えた。

彼は破裂したように飛び出すと女のもとに駆け寄った。

「生きてる！　生きてる！　生きてるよ～！」

悲鳴に近い声をあげ、彼は和代を手招きした。

「同じぐらいの歳《とし》の子だった」

ふたりは女を後部座席に載せた。

その時、チラッと床に落ちている男を見たが、そのままにしておいた。

その後、彼は無言で車を疾走させた。

「本当なら大丈夫とか声をかけてあげるんだろうけど……」

ふたりともそんな余裕はなかった。

ただ和代はハンドルを握る彼がしきりに溢《あふ》れる涙を拭《ぬぐ》っているのを見ていた。

「ボーッてすごい涙なの」

ぜっんぶ……終わっちゃった。終わりだ……俺。

彼がそう呟くのを聞いた時、和代も涙がこぼれてきた。

「なんでドライブなんか行くって言っちゃったんだろうってあたしはそればっかり考えてました。そんなこと言わなければこんなことにならなかったのに。可哀想《かわいそう》なことしちゃったかもしれないって……」

ふたりは泣いていた。

声は啜《すす》り泣きとなり、嗚咽《おえつ》となって、やがて声をあげて泣き始めた。

山を下ると左手に大きな救急病院が見えたという。

彼は夜間救急搬送口に車を横付けすると飛び出した。

「おねがいしまっす！　おねがいしまっす！」

誰も出てこなかった。

困り果てている彼を放っておけずに和代も飛び出した。

そしてふたりでインターホン横のドアを叩き始めた。

「こら！」

突然、大きな声で怒鳴りつけられた。

見ると横の窓が開いて警備員が顔を出していた。

「なにを騒ぐか！　貴様ら！」

「あっ！　あっ！　大変なんです」

彼が窓辺にとりすがった。

するとと騒ぎを聞きつけた警備員が数人、ドアを開けて出てきた。

「どうしたんだ！」

「助けて下さい！　ぼく、はねて！　はねてしまいました」

「はねた?」

警備員が後部座席を開け、なかに顔を突っこむと頷《うなず》いた。

「まただ……」

それに呼応した警備員も近づくと「あ～」と声をあげた。

その様子に和代と彼も後部座席を覗《のぞ》き込んだ。

「座席には大きな木の枝がふたつ乗っかってたの……」

数日後、ふたりは別れた。

「好きだったけど、お互いに顔を見ると思い出しちゃうのね……だから」

今でも夜のドライブはしないと和代は言った。

こおろぎ

「引っ越したばかりの時には何でもなかったのよ」

小沢さんは学生時代に借りていた部屋の話をしてくれた。

部屋は2DK。小さめのキッチンと風呂とトイレが別々についていた。

壁の染みができたのは隣室の女性が病死してからだった。

「別に部屋で死んだわけではないのね。ただ暫《しばら》く、姿みないなぁって思っていたら……」

ある日、喪服姿の年配の男性が現れ、娘は入院先で亡くなりましたと挨拶《あいさつ》しに来たのだという。

「そんなに親しかったわけじゃないし、そりゃ廊下で会えば会釈ぐらいはしたけれど」

とても線の細い女性だったという。

「脂肪の薄い頬《ほお》をしていてね。若いのに口の端に皺《しわ》がくっきりと浮かんでいたのが印象的だった。いつもパジャマか寝間《ねま》着《き》みたいな格好だったから、ずっと具合を悪くしていたのかもしれないわね」

染みは男性が挨拶に来た翌週に見つけた。

「隣……早く誰か入ればいいのにって思ってたけど」

なかなか借り手は見つからず、深夜真っ暗になった隣室の前を通りながら自室に戻るのはなんとなく恐ろしく感じられた。

「暗いっていうのは何かあるっていう感じがすごくするのよ。昼間はあっけらかんと空っぽな感じなんだけど。夜はね、真っ黒に塗り潰《つぶ》れてしまうから……中に何かがじっとしてそうな気がして。窓とかあんまり見られない。走って通り過ぎちゃうカンジ」


染みは玄関を入ったすぐ脇の壁にできていた。


「クリーム色の壁紙だったからよけいに目だったのね」

丁度、人の腰の高さに丸くそれは浮いた。

いたずら半分に泊まりに来た友達に話すと暫くして御札を買ってきてくれたという。

「なんか変な感じだから貼《は》っておいたほうがいいよって……」

友達は少し見える人だった。

小沢さんには癖があった。

「トイレを閉められないの」

トイレだけではなく、狭いところが苦手だった。

「だからデパートとかでもできるだけ車いす用を使ってしまうのね。あれは中が広いから」

だから実家でもトイレはドアを開けて用を足した。

何度も叱《しか》られたのだが閉めると出ない。

「酷《ひど》い便秘になってね」

高校の時には二十日以上出なくて、レントゲンを撮ったら胃まで〈詰まっている〉と言われたほどだったという。

「小さい頃はそんなことはなかったのだけど。小学三年生の頃」

従兄《いとこ》と遊んでいて〈蒲団《ふとん》蒸し〉にされたのだという。

「相手はふざけ半分だったんだけど」

喚《わめ》いても叫んでも蒲団から出して貰《もら》えず、熱さと苦しさから気がおかしくなりそうになったという。

「結局、急になったんで慌てて解いたらしいんだけど……」

ほんの短いあいだではあったが彼女は窒息し、失神していた。

「それに蒲団蒸しされていた間の記憶は飛んじゃってるの」

ただそれから狭いところ、暗いところが極端に駄目になってしまった。

「そういうところに行くと胸がグッと苦しくなるの」

トイレを開け放すようになったのはそれからだった。


ある夜、大学のコンパで遅くなり、真夜中に帰宅した。

「飲み過ぎてしまって」

一旦《いったん》寝たのだが、喉《のど》の渇きで目が覚めた。

キッチンで水を飲むとおしっこがしたくなった。

「トイレにしゃがんだ時、ふと玄関のあの壁に目がいったのね」

ぼーっとベッドサイドの灯《あか》りが照らすなか、壁が光っていた。

染みが消えていた。

「あれ？ と思ったのね。朝はしっかり残っていたし、最近大きくなってきてたように思ってたから」

御札は数日前、床に落ちてたのに気づかず踏んで汚した時に、捨ててしまっていた。

染みは確かに大きくなっていた。

「カビか何かが繁殖してるんだと思ったのね。最初は携帯の幅ぐらいだったのが最近は本ぐらいに拡《ひろ》がってたから」

それが消えていた。

「へんだなぁ」

もう一度、目を凝らしていると足下《あしもと》で〈ギッ〉と鳴った。

こおろぎの鳴き声のようだった。

「始めは耳が鳴ってるのかと思ったんですよ。よくあるでしょう。黙って、音がないとキーンって聞こえるやつが。あれじゃないかと思って」

しかし、音は続いた。

それは微《かす》かな衣擦《きぬず》れと共にベッドから彼女の腰掛けているトイレへと近づいてきた。


〈ギッ〉

すぐそばで音がした。

何もなかった。

虫かな……。そう思い、ほっと安心して目を落とした。


女がいた。


足下あたり、扉の向こうに蛇のように俯《うつぶ》せた女が見上げていた。

「ひゃあ！」

彼女は開いていたドアを反射的に閉めた。

ガン。

女の顔がドアに挟まった。

女が彼女を捕まえようと手を伸ばしたところまで憶《おぼ》えていた。

立ち上がった彼女はトイレから飛び出すと外へと逃げ出した。

「気がつくとコンビニに居たのね。部屋に戻るのが怖くて。でも、お金もなにもないから携帯と財布だけ取りに帰ったの」

染みは壁に戻っていた。

数日後、彼女は引っ越した。
以来、あの部屋に近づいた事はない。

キャップの子

「野球帽よね、彼がかぶってたのは」

明美は昔、ひと月ほど入院したことがある。

「とうとう、ひとりで眠れなくなっちゃってね……」

その当時、彼女のアパートは都心の一等地にあった。

「安いだけが取り柄みたいな、ボロボロのアパートだったんだけど」

やっぱり職場に近いというのと、あまりにボロいので後で話のタネになるんじゃないかという思いから、とりあえず住んでいた。

「夏休みになってからだったね」

夜になって帰宅するとノブにコンビニ袋がかけてあった。

なかには画用紙の切れ端とガムが入っていた。

「なにこれ」

明美に憶《おぼ》えはなかった。

画用紙にはクレヨン描きの女の顔。

余白に〈ママへ。よういち、みえ〉とあった。

それは明らかに子供が描いたものだった。

「捨てるわけにもいかないから。ちょっとの間、とっておいたの」

しかし、翌週の夕方、帰宅するとまたコンビニ袋がかけてあった。

同じような絵が入っていた。

「困ったなぁと思って辺りを見たんだけど……」

子供の姿はなかった。

袋はその後も増え続けていった。

「五つぐらいになった時かなぁ」

日曜日であった。

「その日、彼とのデートがドタキャンになったんで部屋でごろごろしてたの」

するとと小さくドアをノックする音がした。

「ノックする友達なんかいないから、放《ほう》っておいたのよ」

こつこつ……こつこつ……。

遠慮がちに音は続いた。

「だれぇ」

明美は声をあげた。

「……ぼく」

「ぼく?」

明美は立ち上がるとドアを開けた。

黄色い野球帽を被《かぶ》った少年がいた。

「やせっぽちのひょろひょろした子。釣り上がり気味の目だけはきつい感じだった」

「おかあさん……いますか」

その少年はそう聞いた。

「小学校の二年生ぐらいだと思う。頭が体のわりに大きくて、いびつな感じ」

「これ。君でしょう」

明美は取っておいた袋を渡した。

「おかあさん、ここにはいないよ。わたし、越してきてから二ヶ月だけど……」

少年は無表情に明美を見つめると部屋のなかを窺《うかが》うようにした。

「見てもイイよ」

すると少年は靴を脱いでなかに入り込んだ。

「それを見て、あ、この子は昔、ここに住んでたんだなってすぐに判《わか》った。動き方が違うんだもの」

少年は四畳半の和室の真ん中に立ち、周囲を確かめるように見回していた。

「どう？　いないでしょう」

すると少年は突然、壁に頭突きをし、隅にあったテレビを蹴落《けお》とした。

「あ！」

彼女が声をあげると彼は部屋を飛び出していた。

「なんて子……」

台から落ちたテレビを直しながら明美は呟《つぶや》いた。

外の廊下には絵の入ったコンビニ袋が投げ捨てられていた。

壁は凹《へこ》んでしまっていた。


「それからひと月ぐらいたってかな」

テレビを見ていて明美は声をあげた。

あのキャップの子が映っていた。

「義理のおとうさんに殺されたんだって……」

コンビニで事件について書いてある雑誌を読むと、小さな丸い輪の中に殺された少年の顔写真があった。

「帽子は被ってないけれど確かにあの子だった」

少年は絞殺され、遺体は焼かれていた。

「なんとなく憂鬱《ゆううつ》な感じになって」

友達と食事に行く約束をしていたが、その日はバイトに行くまで外出もせずに部屋に籠《こ》もっていた。

うたた寝をして起きると、あの子が頭突きをした壁に目がいった。

窪《くぼ》みはそのままだった。

あの時には気がつかなかったが壁紙に髪の毛が一本絡まっていた。


「その日はなんだか体がだるくてだるくて……」

バイトから戻るとテレビも見ず、蒲団《ふとん》に潜り込んでしまった。

目が覚めた。時間は判らなかったが、辺りはすっかり静かになっていた。

月明かりが差し込んでいた。

部屋のなかに異常はなかった。


ぷちぷちぷち……。


音がした。

ゆっくり身を起こそうとしたが動かなかった。

月明かりが届かないところの闇《やみ》が動いていた。

「最初は気づかなかったけど……」

ふいに気配が濃くなつた。

それは目の前にあった。

黒い粘土を人の形に盛ったようなものが立っていた。

隙間《すきま》から覗《のぞ》く歯でそれが人の成れの果てだとわかった。

ゆらりと揺れるとそれは彼女のベッドへと近づいてきた。

体勢を変える事もできぬまま明美はそれが近づくにつれ、ぷちぷちと音を立てているのは焼け爛《ただ》れた肉だということを知る。

ポッと手が突き出されると、それは明美の髪の毛をまさぐった。

〈まぁ……〉

気を失う間際、鼻を突く焦げた臭《にお》いをさせたそれが呟いた。

「気がつくと朝になっていたけれど……」

頬《ほお》に油染みのような指の跡が残っていた。

一週間ほどそれは落ちなかったという。

明美はその日から実家に帰ると早々にアパートを引き払ってしまった。

「それから全然、寝られなくなってしまって……暫《しばら》く、入院したの」

彼女はそう付け加えた。

傷

「ふたりだけで行くのは初めてだったのね……」

トモミは去年の夏、彼と旅行をした。

「そんなに大したホテルじゃなかったんだけど、それでもすごく嬉《うれ》しくて……」

昼は海岸で遊び、夜になると近くのレストランへ食事に出かけた。

三泊の予定だった。

二泊目の朝、シャワーを浴びに行った彼が「うえぇ」と悲鳴をあげた。

「どうしたの?」

「これ……」

浴室の鏡に映った彼の背中一面に赤いひっかき傷ができていた。

「いやだ。わたしじゃないわよ」

「じゃ、誰なんだよ。勘弁してくれよ」

彼は苦笑いした。

「でも、本当にわたしじゃないです。わたし、准看護師をしていたから爪《つめ》は長く伸ばせないし。第一そんなに引っ掻《か》かれて彼もわからないはずがないんです」

背中は首のすぐ下から腰にかけて滅茶苦茶に引っ掻かれていた。

血の滲《にじ》んでいる箇所もあったという。

その日はいつものように海へ遊びに行った。

「ちょっと変わった事があったのね」

彼らは浜でビーチチェアーを借りていた。

疲れて横になっている彼女を残して彼は泳ぎに行った。

「陽《ひ》に焼いていると……」


何度か人が通った気がした。


「ふっ、ふっ、て陰るからわかるのよ」

しかし、目を開けても周囲に人はいなかった。

「わたしたちは人より少し離れたところにチェアーを置いていたのね。それに浜だから隠れる場所もないのに」

上がってきた彼が悪ふざけをしているのかなと思っているところへ目の前の海から彼が戻ってきた。

「呼んだ?」

「え? わたし? 呼んでないよ」

そうか……と彼は考え込んだ。

「どうしたの?」

「何度も呼ばれた気がするんだ。おまえを見ても寝ているし、気のせいだと思ってたんだけど、あんまり続くから……」

見ると背中の傷が白くふやけ膿《う》んだように見えた。

深夜、何かを引っ掻く音で目が覚めた。

「頭のなかで直に鳴ってるような凄《すご》い音だったの」

バリバリバリバリバリ……。

音の余韻がまだ残っているかのようだった。

トモミは彼の様子を見ようとして体が全く動かないことに気がついた。

「なんだこれ」

するとバリバリバリバリバリ……と凄い音が寝室のすぐ隣の部屋から響いた。

目だけは動いた。


寝室にこちらを背にして女が立っていた。


女は壁を前にし、宙に浮いていた。

「白っぽいパジャマがところどころ黒く変色しているのはわかった」

腰まである髪のおかげでハッキリした全体はわからなかった。


バリバリバリバリ……。


女の向こうで音がする。

すると彼が小さく呻《うめ》いた。

額に細かい汗がたくさん浮いていた。

〈いいよ……いいよ……いいよ……〉

声がした。

女の声だった。

「全然、体が動かないの、ただ目と耳だけは異常に敏感になってて……」

見ると女は徐々に背中向きのままでふたりのほうへと近づいてきた。

「あの顔は絶対に見ちゃいけないって思ったの」

しかし、目は瞑《つぶ》れなかった。


ぴちゃぴちゃと飴《あめ》をなめるような音がした。


女はベッドの間際まで近寄って薄くなり、消えた。

ほっとしたが、依然体は動かなかった。

「ねえ」

彼女が彼に声をかけようとした瞬間、彼の向こう側に細い指が見えた。

蒼白《あおじろ》い手に長い爪が並んでいた。

それらが蟹《かに》の足のように彼のかけている蒲団《ふとん》の上を這《は》い始めた。

「う～む」

彼が大きく呻いた。さっきよりも苦しそうに見えた。

這い回る手の合間に頭も見えていたが前髪に隠れ顔は見えなかった。

すると手が大きく伸ばされ、大きなささくれのように見える切り口が手首にいくつも並んでいるのが見えた。そこから黒い血がシロップのように糸を引いてとろとろ落ちていたという。

すると女の片手が彼の唇に触れ、こじ開けるようにした。

そこへ、とろとろと黒い血を噴き流しているもう一方の手が近づき、彼の口の中に血を垂らし込もうとした。

「だめ！　だめよ！」

彼女は夢中になって叫んだ。しかし、それはがんじがらめになった体では小さな呟《つぶや》き程度にしかならなかった。

女の動きが止まった。

頭がゆっくりと上げられた。

ひび割れた皮膚、顔の真ん中、瞼《まぶた》から何かが下がっていた。

眼球だった。

女の眼球は眼窩《がんか》を外れ、顔の外に出ていた。

丁度、唇の辺りにまでそれは垂れ、青黒い舌がそれをねぶっていた。


「がっ」


女が歯をむき出し、吠《ほ》えた。

思わず目を背けた瞬間。

「だめだよ。見てなきゃ」

眠っていたはずの彼が笑いながらこちらを向いた。

手足の力が抜けてしまった。


「朝になると何も残ってなかったんですけれど……」

彼は何も憶《おぼ》えていなかったという。

「ただ口の中が鉄臭いって何度もうがいをしていました」

「あった！　ほら！」

チェックアウトする際、ベッドの下を覗《のぞ》き込んでいた彼が落ちていた御札を発見した。

「あんまり見たことのない真っ赤な御札でした」

会計時に御札と女のことを話したが、フロント係は何のことだかわからないというような顔をして奥に下がってしまった。

「今もあるよ、あそこ。最近ネットで安売り料金出してるの見たもの」

トモミは彼とはその後、別れたんだと告げた。

ドビンちゃん

祭主《さいしゅ》さんは俗に言う〈見えるタイプ〉だった。

「子供の頃から、いろいろとね……」

彼女の体験で一番古いものは、まだ幼稚園に入る前。

父方の祖父がそろそろ危ないとの報に、一家は帰郷することとなった。

臨終間際の家は、妙に静まりかえりながらも緊張の糸がそこかしこに張りつめていた。

「おじいちゃんは奥の部屋に寝かされていたんです」

彼女はいつのまにか両親から離れ、広い庭を見て回っていたのだという。

塀のほうに背の高い梅や柿の木に混ざって灌木《かんぼく》がある。その辺りで彼女は落ちている木の実を拾っていた。


〈ジッ……〉

ネジを巻いたような音がした。

顔を上げると電話帳ほどの大きさのカマキリの頭が正面にあった。

あっと立ち上がったが、それは追うでもなく、彼女に注意を向けるでもなく、ただそこにじっとしていた。

「カマキリなのは頭だけ、体は人間なの」

和装だった。

祖父が着ていたものに似ていた。

部屋に戻ると丁度、母が彼女を捜していた。

祖父は逝ったのだ。

生前、祖父はよく庭のカマキリを捕らえては幼い孫の姉弟を呼んだ。

「これらは他の虫を生きながらに喰う恐ろしい奴らよ」

そういうと祖父は必ずカマキリの頭をくりくりと回して取り外していたという。

彼女が友人の引っ越し祝いにとその陶器屋に足を踏み入れたのは今年の晩夏。店頭を通りかかることはあったが、初めて入る店だった。

入った途端、〈きた〉。

「もし……もし……って、囁《ささや》くような感じで」

彼女は店のなかを見回した。

以前も原宿の、人が立て込んでいるショップでこちらを見つめている老婆やら自殺者を見たことがあった。

ところが今回はそれらしい姿はなかった。店内には彼女しかおらず、ずらりと両側の棚や店内に築かれた島に商品があるだけで人の気配はなかった。

そもそも入ったばかりで店主すら姿を見せる前だったのである。

〈もし……〉

その時、自分でも耳を疑ったのだが、店の奥へと通ずる棚の上に小ぶりの土瓶があった。

声はそこからしていた。「まさかぁ」と呟いていた。

〈そうです〉

「あんまり話したくないな……」

彼女は言葉を切った。

〈どうして〉

「おかしいでしょう? 頭、おかしいと思われちゃう。わたし、人が死んだりするのも判《わか》る時があって……そういうこと子供の頃はわからなくて、ぺらぺら話して、ずいぶん叱《しか》られたもの」

だから、あまり突飛な話は自然と口にしないように癖がついていると彼女は言った。

「最初は叱られるけど……当たると今度は嫌われるのよ。まるでわたしがバイ菌や不運をその人になすりつけたみたいに思われて。だって土瓶が喋《しゃべ》るなんて馬鹿みたいじゃない……」

確かにそうだが、こちらとしては頼み込んで聞かせて貰《もら》う他ない。

〈今、店の者が来ます。すぐ頭のお医者へかかるよう勧めて貰えませんか。このままでは頭が馬鹿になるのです〉

土瓶はそう告げた。

困った。

心底、困った。

「だって話しようがないじゃない。いきなり店に入ってきて、〈あなた、頭の医者に行ったほうがいいってこの土瓶が言ってますよ〉なんて言ったら……」

自分が行けと言われるに決まっている。

あくまでも自分にはそういう力があるということを相手に納得して貰ってからでないとそんな話は持ち出せない。

どうしようか？

そうこうしているうちに気配を感じた店の人が〈いらっしゃいませ〉と顔を出した。品のよさそうな五十手前の女性だった。

ため息をついていると土瓶が〈早く早く。願います。願います〉とせっついてくる。

「こまったなぁ……」

つい口をついてそんな言葉が漏れた。

「なにか？」

「いえいえ……」

その瞬間、祭主さんはあることを思いついた。

並んでいる陶器を指差すと、

「この作者の方は亡くなってますね」

と、告げた。

「あ、はい」

相手は驚いたような顔になった。

「この方も、この方も」

彼女はわかるものに指を差して言った。すべて当たっていた。

「あら、すごいわ。どうしてそんなことがわかりますの?」

女性が目を丸くした。

「ごめんなさい。普段はこんなことしないんですけれど……」

「はあ」

彼女は女性の横にある土瓶を指差した。

「あの土瓶があなたに頭の医者に行けと……わたしにそう言ってくれと、しつこく頼むんです……だから……ちょっとそうしました」

最後のほうは声が小さくなった。

怒鳴られたら店を出ようと用意した。それ以上はできない。土瓶ちゃん、ごめんなさい。

すると土瓶を見つめていた女性がうんうんと何度も頷《うなず》くような仕草をした。

「この土瓶がですか？　この土瓶が」

「はい」

彼女は土瓶を棚から自分の膝《ひざ》の上に抱くように置くと撫《な》で始めた。

「これはわたしたち夫婦にとても良くしてくださった陶芸家の先生の作なんです。この店を始める時に記念にとわざわざ焼いて持ってきてくださったものなのです」

彼女は祭主さんに最近、頭痛が酷《ひど》いことを告げたという。

「店がうまく行かなくて……それで夫とも喧嘩《けんか》がこのところ多くて」

彼女はお礼にと祭主さんに陶器の美しい皿を一枚プレゼントしてくれた。今もそれは部屋に飾ってあるという。

店はもうない。

ほくろ

「けっこうエゲツないんだよね、今から考えると」

カツミが高校生の時、クラスにイジメられっ子がいた。

「クロっていう子だったんだけどさ」

クロは本名を黒木と言い、小学校の頃からの筋金入りの〈イジメられっ子〉だった。

「最初は遠足かなんかで漏らしたっていうんだよね。小二の時」

バスのなかで「トイレ」と言い出せず、黒木は座席に漏らしてしまった。

それが長い長いイジメの始まりだったという。

「結局、小学校一杯ずっとイジメられていたわけなんだけど、それが中学校になってからも続いたわけ、クロだってみんな公立だもん。地元の子ばっかりが行くでしょう」

中学校でもイジメは続き、そして県立高校に行ってもイジメは継承されていた。

「小二から十七まで、九年近くイジメられっ子だったんだから、すごいよね」

イジメというのは単純に物を隠す事から定番の無視とバリエーションに富んでいた。

「イジメグループのメンバーっていうのが三人いたんだけど、この子達がまた揃《そろ》いも揃ってクロとずっと同じクラスだったのよ。先生も少しは考えればいいのにと思うくらい」

黒木家は父を早くに亡くしていたために母と本人の二人暮らしであった。

「服とかもダサくて、お金がないからだと思うんだけど風呂無しアパートに住んでいたから臭かったね。夏は特に」

ある放課後、体育館の脇を通るとクロが泥だらけになって裏から出てきた。

「何やってんの、あんた」

「教科書、隠されちゃって……。床のしたのほうに入っちゃったから。埃《ほこり》で汚れた」

「ねえ。先生とかに言ったほうがいいよ。そしたら少しは止《や》むんじゃない」

クロは首を振った。

「どうして。おとなしくしてるから余計、エスカレートするんだよ」

「別にいい」

「別にイイって？」

「我慢すればいいから」

「あたし、言ってあげようか」

「だめ！」

クロは大声を出した。

「言わないで。言うとお母さん悲しむから。お父さん死んだし……。あたしまで哀《かな》しい子になったら可哀想《かわいそう》だもの」

「すごい迫力でさぁ。あの調子でイジメた奴らにガツンと言ってやれば一発だと思ったんだけど」

相変わらずクロはイジメられてもヘラヘラとしていた。

「物を隠すのは〈ルパン三世ごっこ〉。クロがゼニガタになって自分の隠されたものを探すの……。いつもゼニガタはクロなのがミソなのね」

中心になってイジメていたのがタエコという、父親が小学校の校長だという娘だった。

「あれが教師の娘かっていうぐらい私生活のハジけた子でね」

カツミの耳にはエンコーまでしていたのではないかという噂《うわさ》までが入っていた。

「頭は良かったから、とにかく口が立つのね。気も強いし、だからうかつにみんな反抗できないのよ」

もし彼女に逆らうようなことがあると次の日から靴が隠されたり、無視されたりが始まるのは目に見えていたという。

「実際、タエコに潰《つぶ》されて登校拒否になった子もいたからね。クロよりも全然、緩いイジメだったんだけど、耐えられなかったみたい」

タエコは気分屋で午前と午後では人が変わったようになった。

「クロにも同じで午前中は話しかけたり優しくしてるかなと思うと、昼休みがすぎると途端に馬鹿にして悪口言ったり、ルパン始めたり……。あの子もわけがわかんなかったね」

そんな時、タエコはクロの顔にマジックでほくろを描き始めた。

「鼻の下に大きなやつ」

さすがにクロも「許してください」と哀願したというがタエコは許さなかった。

「それ、明日も着けておかなかったら増やすからね」

タエコはクロに冷たくそう言い放った。

「あれは酷《ひど》いよね。鼻くそみたいに大きな落書きだもの」

翌日、クロはほくろを消して登校した。

タエコはほくろを鼻の下にもうひとつ増やした。

「先生もわかってたはずなんだけど、授業開始の前にちょこっと〈どうした〉なんて聞くだけで、真剣にクロの味方になろうなんて人はひとりもいなかった」

クロは増やされても増やされても消してきた。

母親に知られたくない一心だったのではないかとカツミは言う。

ほくろのイタズラ書きは増え、クロの顔はまだらになった。

「でも、あたしは知られたほうがいいと思ったね。だってこのままじゃどこまで行くかわかんないし……」

社会の授業をしている時だった。

教室のドアが開くと弁当屋のユニフォームを着た女が立っていた。

女は黙って教室に入ってくるとクロを立たせ、連れて帰った。

そのあまりにも毅然《きぜん》とした態度に、誰も声を掛けることができなかった。

クロはそのまま高校を退学した。

「それから姿を見なくなったのね」

噂では引っ越した先で引きこもっているとか、親子心中したとか言われていた。

ただ一度だけ妙なことがあったという。

「その日は修学旅行が終わったので一旦《いったん》、学校に戻ったのね」

途中から雨が降ってきた事もあり、バスを下りた生徒達は全員教室に入った。

暫《しばら》くするとタエコの悲鳴が聞こえた。

「なんかヒャアとかギャアとか、とにかく大きな声だったの」

振り返るとタエコが立ち上がっていた。

その足下《あしもと》に何か落ちていた。


「わら人形だったの」


人形には呪符《じゅふ》と思われるものと釘《くぎ》が。

「頭にいっぱい打ち込んであったの。体は何ともなくて、ただ頭っていうか顔のとこだけ」

「誰だよ！」

タエコは皆を睨《にら》みつけたが返事をする者はいなかった。

「だけどクラスの子じゃないと思うのね。みんな一斉に出かけてたわけだし……」

誰の頭にもクロのことがよぎった。

しかし、それを口にする者はいなかった。

「あとから考えると、それからすぐだったのよね」

タエコの顔にニキビができた。

ニキビは根が深いのか、なかなか治らなかった。

「赤い簡単なニキビじゃなくて、皮膚の奥が薄緑色に変色した膿《うみ》をもったやつ」

ニキビは日々、増えていった。

「肌の白い子だったから余計に目だったわね」

ひと月ほどするとニキビはタエコの顔の全体を覆うようになった。


グロテスクな魚のような顔になってしまったという。


「しかも、すごく痛むらしいの」

ニキビは本人の知らぬ間に膿を噴いていたりする。

頬《ほお》から血の混じった膿を垂らしているタエコは怖がられ、疎《うと》まれた。

「それに前にも増して性格がきつくなってね」

些細《ささい》なことでヒステリーのようになって仲間を怒鳴りつけ、罵《ののし》るようになった。

「それでも前みたいに力はなくなっていたの」

いつのまにかタエコの子分はひとり去り、ふたり去りしていった。

カサゴ……。

そんなアダナがつけられるようになったのと前後してタエコは入院した。

「皮膚癌《がん》だとか、悪性のおできだとか、いろいろ言われていたけれど」

タエコは学校に戻ることもなく退学した。

クロ同様、町でもタエコを見かけることはなかったが、高校三年の運動会の時、顔に包帯を巻いた女が正門の前で暴れ、教師たちに取り押さえられたことがあった。

ガーゼの外れた顔はまさしくタエコであったと何人かの生徒が囁《ささや》きあった。

しかし、その顔は見る影もないほどにやつれ、また治療のためか大きく皮膚が削られていたとも言う。

「やっぱり、わら人形の呪《のろ》いってあるんだなぁって。このあいだも実家に戻った時、友達と話したんだよねぇ」

カツミはホッとため息をついた。

赤黒いぐちゃぐちゃしたもの

カズミは去年の夏、恋人と一緒に遊園地へ出かけた。

「前に休みに行ったら激コミだったんで、その日は仕事を早退して行ったんです」

つきあい始めて間もない頃だったので、ふたりとも大はしゃぎで次々と乗り物を制覇していった。

「日が暮れてしばらくして、プールに行こうということになったの」

水着を用意してきた彼らは、着替えると火照《ほて》った体を冷やすかのようにプールでじゃれあったという。

暫《しばら》くして、スライダーをやろうと彼が言い出した。

「あたし、あれあんまり得意じゃなくって」

昔、父親に連れて行かれた遊園地でカズミはスライダーを滑る時に使う浮き輪から落ちたことがあった。

「二人乗りのやつだったんですけど、父親がふざけてすごく揺らしたんですね」

落ちたからといって別段危険はないのだが、幼かったカズミは落ちたというだけでパニックになってしまった。

「しかも、その時のスライダーが真っ暗なやつで何にも見えないんです」

自分が上になっているのか下になっているのかもわからないまま、物凄《ものすご》いスピードで落下し、やがて水のなかに叩《たた》き込まれた。

もがいていると係員が手を引いて立ち上がらせてくれたが、暫くは泣きやむことができなかったという。

「だから、その時も揺らさないでって……頼んだんです」

彼はOKと軽く言い、ふたりは仲良く手を繋《つな》いでスライダーを上っていった。

さすがに平日の夜だけあって人は少なく、休日ならびっちりと詰まっているはずの階段もすたすたと上がることができた。

「絶対に揺らしちゃだめだよ」

「わかってるよ」

しつこいほど念を押して彼らは二人乗りの浮き輪に乗った。

「初めはそれほどスピードの出ないやつから始めたのね」

彼は揺らさなかった。

「もう大きくなってるから当たり前なんだけど、だんだん怖くなくなってきて……」

カズミ自身も楽しむことができた。

落下していく先で水中に投げ込まれる快感がわかってきた。

「それで、段々高いところのやつに挑戦していって」

最速のスライダーまで試してみたという。

「水着がめくれるんじゃないかっていうぐらい速かった」

楽しい時間はアッと言う間に過ぎていった。

そろそろ閉園の時間になろうという頃、彼らはまた二人乗りの浮き輪で滑ろうと決めた。

「今度は後ろに乗りたいんだけど」

「ごめんなさい。女性は前なんです。バランスの問題があって……」

焼き栗《ぐり》のように日焼けした係員が笑った。

「じゃあ行きますよ。いち、に、さん……」

係員に押されると浮き輪はスライダーのなかに呑《の》み込まれた。

「最初にガクンって結構、急な坂があって、そこで一気に加速するんです」

両サイドから猛烈な勢いで水しぶきが上がり、目も開けていられない。

「特に二人用の浮き輪だとサイドの把手《とって》を握ってなくちゃいけないから、顔とか隠せないでしょう。だから水がバンバンかかっても我慢するしかないの」

と、突然、浮き輪が左右に暴れ出した。


「スライダーの流れとは全然、別のガタガタした動かし方だったんで……」

彼が揺すっているのだとわかった。

「やめてやめて！　揺すらないで」

へらへら笑っているのが聞こえた。

「だめだよ！　怖くなる！　怖くなっちゃうから！」

必死に叫んだが浮き輪の揺れは収まらない。

「もう！　落ちちゃうよ！」

彼女がそう叫んだ瞬間、浮き輪は大きくバランスを崩し、回転した。

スライダーへ直接、体がぶつかるのがわかった。

暗い筒のなかで彼女は怒っていた。

「なんてことするのよ、馬鹿！」

腹立ちまぎれに側《そば》にいる人影を殴りつけた。

べちゃっとしていた。

まるで泥の塊を殴ったように拳《こぶし》が相手のなかに、ほんの少しだけ埋まった。

「え？」

しっかり目を開けると赤黒いぐちゃぐちゃしたものが真横にいて一緒に流れていた。

白い歯だけが穴のなかに並んでいるのが見えた。

「え？」

呆気《あっけ》に取られているとバシャーンとプールに叩き込まれた。

慌てて立ち上がると周囲に彼の姿はなかった。

何がなんだかわからず浮き輪を拾いに行くと、ようやく彼が滑り出てきた。

「どうしたの……」

彼は黙っていた。

こころなしか唇が青ざめていた。

「もう帰ろう……」

そう振り返った彼の背中に爪《つめ》で引っ掻《か》かれたようなミミズ腫《ば》れがいくつもできていた。

「背中、変だよ」

「うん。やられた」

「ここも変だね」

「ああ」

ふたりは急いで着替えると遊園地から逃げ出すようにして帰ったという。

「彼は坂を下りた瞬間に引きずり下ろされたっていうんです。背中をガリッとつかまれて……。アッと言う間だったたって言ってました。気づくとわたしと何かが先を滑っていくのが見えたって……」

今年の夏、もう一度、彼と行って確かめるつもりだとカズミは呟《つぶや》いた。

ノン

「ノンって呼んでたんです」

浅井さんが友達から預かった猫は白と黒のブチ猫だった。

「一週間、海外旅行に行くから。その間だけお願い」

と、手を合わされた。

「そんなに猫好きでもなかったんで普段なら断ると思うんだけど……」

数日前、彼と別れたばかりだった浅井さんは暇を持て余していた。

「すぐに次の彼を見つける気もなかったし、ひとりでどこに出かけるっていう気にもなれなかったから……。まぁ、いいかなって」

ノンは大人《おとな》しい猫だった。

「借りてきた猫っていうことわざがあるけど、本当にそう」

部屋の隅にぴったり体をくっつけるようにして丸まると動こうとはしなかった。

「トイレとキャットフード、それと寝床は友達が持ってきたから。こっちで用意するものはほとんどなかったわね」

ノンが来て二、三日たった頃、夜中に目の覚めることが多くなった。

「もともと、わたしは凄《すご》く眠りが深くて少しぐらいの地震でも起きないのね」

ふっ……と目が覚める。寝起きにありがちなぼんやりとした混濁はない。パキンと張りつめたような空気を部屋のなかに感じたという。

そんな時、必ず猫がいた。

彼女のベッドの真ん前でこちらを凝視しながら座っているのだという。

「どうしたの」

そう呟《つぶや》くとノンは首を振り、いつもの隅へと戻っていく。

するとまた彼女は猛烈に眠くなり、意識が遠くなるのだと言った。

「何を見ているんだろう」

「それがわからないの……。でも、ひどく猫が緊張しているのは判《わか》るのね」

ある時、帰宅すると寝室の隣の部屋の壁紙が激しく引き裂かれていた。

壁自体に影響はないものの壁紙は全損といった有様だった。

カーペットの上には削り屑《くず》が散乱していた。

「なにやってんのよ！　もう」

彼女の声にも猫は我関せずといった風で顔を洗っている。

「絶対、あの子に修理費を請求しなくちゃ」

浅井さんは証拠写真を撮ると帰国したらすぐ猫を返そうと思った。

「もう絶対にあの猫は不幸の猫だわ」


翌日、シャワーを浴びてベッドに潜り込もうとすると猫がフーッと声をあげ、背中を弓にして怒っていた。

「どうしたの」

声をかけても聞こえないようで猫はしきりに何かを威嚇している。

「どうしたのよ」

ぱさりと紙が落ちた。

見ると、昨日撮った壁紙の写真だった。

「あれっと思ったの」

撮った時には気づかなかったが、落ちた物を拾い上げる時、逆さになった。

目が壁の引っ搔《か》き傷に引き寄せられた。

人間の顔にみえた。

「こう輪郭と目と口と。もちろん、はっきりした絵じゃないけれど……」

上下逆さだが女の顔が壁紙には残っていた。

彼女は思わず目の前の傷ついた壁と見比べてしまったという。

「その時、初めてわけもなく鳥肌がたったのね」

両腕にゾワッと粟《あわ》が浮いた。

「うちは寝室とその壁のある部屋と並んでいるの。それを薄いガラス戸で仕切ってあるから……」

なんとなく落ち着かない気になり、深夜テレビを見ていても薄気味が悪かった。

友達が帰国する前日のことだった。

彼女は早く眠ってしまおうと缶チューハイを二、三本空け、ベッドに潜り込んだ。

悪夢で目が覚めた。

憶《おぼ》えてはいないけれど胸の悪くなるような酷《ひど》い夢だった気はした。

見るとノンが胸の上に載っていた。

「どきなさいよ！」

そう声をあげたはずが声にならなかった。

ノンは再び、威嚇する体勢を取った。

体が動かない。

ノンは首を巡らした。

威嚇は自分に対してではなかったんだと判った。

今、自分の後ろを通ったものに対してなんだ……と。

しかし、背後はベランダである。

ノンはそのまま威嚇しながら隣の部屋へと向き直った。

もちろん、ベランダから誰かが侵入した様子はない。

ただ、隣室で不意に気配が充満するのがわかった。

フーッ！　ノンが唸《うな》った。

「体が全然、動かなかったんですけれど、なんとか首をノンの見ている方へ向けたのね」

磨《す》りガラスの向こうに何か黒い物があった。大きさは扉一杯。

「なに？　何なの？」

かすれた自分の声が耳に届いた。
それを言うだけで精一杯だった。
引き戸が鳴り、ゆっくりと動き始めた。
大きな黒いものが最初に見えた。
それが人間の目だとわかったのは引き戸が三分の一ほど開いた時であった。
隣室一杯の巨大な女の首が彼女を睨《にら》みつけていた。
瞳《ひとみ》を見つめていると手足が急に冷たくなってきた。
〈あ、見てはだめだ……〉
彼女は目を閉じた。

ガタガタ……ガタガタ……。

引き戸が鳴った。
フーッと一段とノンが大きな音を立てたので薄く目を開けた。
顔は浅井さんの真横にあった。

髪が顔に触れた……。

憶えているのはそこまでだった。

翌日、帰国した友達に喫茶店で会うと証拠写真を見せた。

友達は何の反論もせずに写真を見ると〈やっぱり……〉とだけ呟いた。

「彼女、何の説明もしないで見た写真をすぐに逆さにして見直したんです。女の顔に見えるような形で……。変でしょう。普通は天井を上にして見るはずだから」

友達は写真を見ながら暗い顔をしていた。

「ねえ、あの猫。どこのペットショップで買ったの？」

「貰《もら》ったの」

「誰に」

「友達」

「じゃあ、その子はペットショップで？」

「その子も貰ったの。もともとはお姉さんが飼ってたらしいの」

沈黙が続いた。

「その子のお姉さんは元気なの？」

友達は答えなかった。

「やっぱり友達に返す。わたしだけかなと思ってたけどアサのとこにも出たんだもんね」

「は？」

「ごめんね、ちょっと確かめたかったの。気のせいかなって思ってたけど。ふたりのとこに出たんだったら本物だ。ノンはお姉さんの猫なんだよ。やっぱり」

「ちょっと待ってよ」

ごめんね～！　と友達は慌ただしそうにノンの入ったキャリングケースを持って出て行ったという。

「暫《しばら》くは連絡取らなかった。なんか実験台にされたみたいで……」

友達が買ってきたおみやげには日本の店のシールが貼《は》ってあった。

「絶対に海外なんか行ってないなと思ったね。失礼しちゃう」

数日後、友達からお金の入った封筒が届いた。

その後、ノンがどうなったのかは知らないという。

試着室

斎藤さんの勤めるデパートの試着室は個室が四つ並んだ形になっている。

「あれ？　あそこ誰か使ってる？」

同僚の言葉に確かめに行くと誰もいない。

「誰もいないわよ」

「あれ？　一番、奥にさっき人がいたわよ。足が見えたもの」

試着室へ入るにはレジカウンターの前を通らなければならない。

レジにいた斎藤さんの前を通っていったお客さんはいなかった。

「誰も通ってないけど……」

「あら、そう……」

同僚は首を傾《かし》げた。

「あの辺にいるとぞくぞくしない？」


ある日、社食で食事をしていると同僚がそう呟《つぶや》いた。

確かに試着室のある一隅は妙に暗い雰囲気があった。

華やかさを売り物にしているデパートであるのに、あの一角だけは同じ照明であるにもかかわらず陰っているような気がするのであった。

その日の夜、閉店準備をしていると同僚が悲鳴をあげた。

「どうしたの」

同僚は試着室の前で蒼褪《あおざ》めていた。

「どうしたの」

「え？　あ、ううん。なんでもない」

翌日、同僚は欠勤し、二週間ほどすると辞めていった。

「斎藤さん……。一番、奥の試着室。あそこ、使わないほうがいいよ」

辞めて暫《しばら》くした後、来店した元同僚は彼女にそう告げた。

新しく本店から若い社員が送られてきた。

明るく元気があるのは良いのだが、細かいところに気のつかない子だった。

「本当ならやらせたほうが憶《おぼ》えるんだろうけれど……」

斎藤さんは自分でやってしまうのが早いからと、気がつくと拭《ふ》き掃除や掃き出しをひとりで進めていた。

若い社員には店頭のディスプレイの直しや、接客をさせていた。

ある日の閉店時、毛が大量に落ちていた。

「ずいぶん長い毛だったんだけど」

お客が使用した後には簡単に掃除をしているので、いきなり大量に固まっていたのに驚いたという。

「気味の悪いのが、髪の根本にべっとりと白い毛根みたいなのが残っていたこと。抜いたばっかりっていう感じで」

ほうきで掃いてもゼリー状の毛根がカーペットに付着してうまくチリ取りに入らないので手で摘《つま》むしかなかった。

そんなことの続いた日、試着したお客の着心地を確かめようと見ると、ブラウスの背中に赤い手形がついていた。

「あら？　なに！　わたしじゃないわよ」

自分がやったと思われるのを怖れたお客は自分の掌《てのひら》を拡《ひろ》げて見せた。

そのブラウスは返品しなければならなかった。

「厭《いや》な気はしていたけれど、かといってそれを理由に仕事を変えるなんてことは、普通思ってもみないことでしょう」

斎藤さんは変事に困惑しながらも勤めを続けていた。

ある時、裾《すそ》をかがる位置を決めようと試着室の前でお客が着替え終わるのを待っていた。

ふと下を見ると扉の下から黒い服がはみ出していた。

きっと着てきた服を蹴《け》ってしまったのだろうと思い、彼女はそれを押し込もうとした。

硬い物に当たった。


黒い服の下に腕があった。


あっと息を飲んだ時、お客が終わりましたと声をかけてきた。

何気なさを装って戸を開けると、お客は新しいパンツを身につけていた。

「失礼します」

足下《あしもと》に屈《かが》むと黒い服など、どこにもなかった。

裾をつまみ、良いところに待ち針を打つ。

何かがチラチラしていた。

顔を上げると鏡のなかから、こちらに腕がゆらゆらと這《は》い出していた。

斎藤さんは悲鳴をあげてしまい、その弾《はず》みでお客の体に針を刺してしまった。

「痛い！」

「あ、ごめんなさい」

斎藤さんの言葉を聞くか聞かぬ間にお客はくたくたと倒れ、床に頭をゴンっと打ち付けると痙攣《けいれん》を始めた。足下から血が激しく噴き出していた。

「だれか！　だれか！」

お客の頭を抱き上げた斎藤さんは助けを呼んだ。

若い社員はなかなかこなかった。

「早くぅ！」

その時、お客が白目を剝《む》いて彼女につかみかかってきた。

「俺はここで死んだんだ」

男声で客は囁《ささや》いた。

「大丈夫ですか？」

肩を叩《たた》かれ、斎藤さんは自分がたったひとりで試着室の前でへたり込んでいるのに気がついた。若い社員が心配そうに見ていた。

斎藤さんは立ち上がると服の埃《ほこり》を払った。

その時、耳に小さな笑い声を聞いた。

「ああ、もう駄目かもしれないとその時、思ったのね」

後日、斎藤さんもその店を辞めた。

理由は言わなかった。ただ一身上の理由としただけであった。

今もたまにそのデパートへ出かけることがあるが、店に立ち寄っても試着室には近寄らないことにしているという。

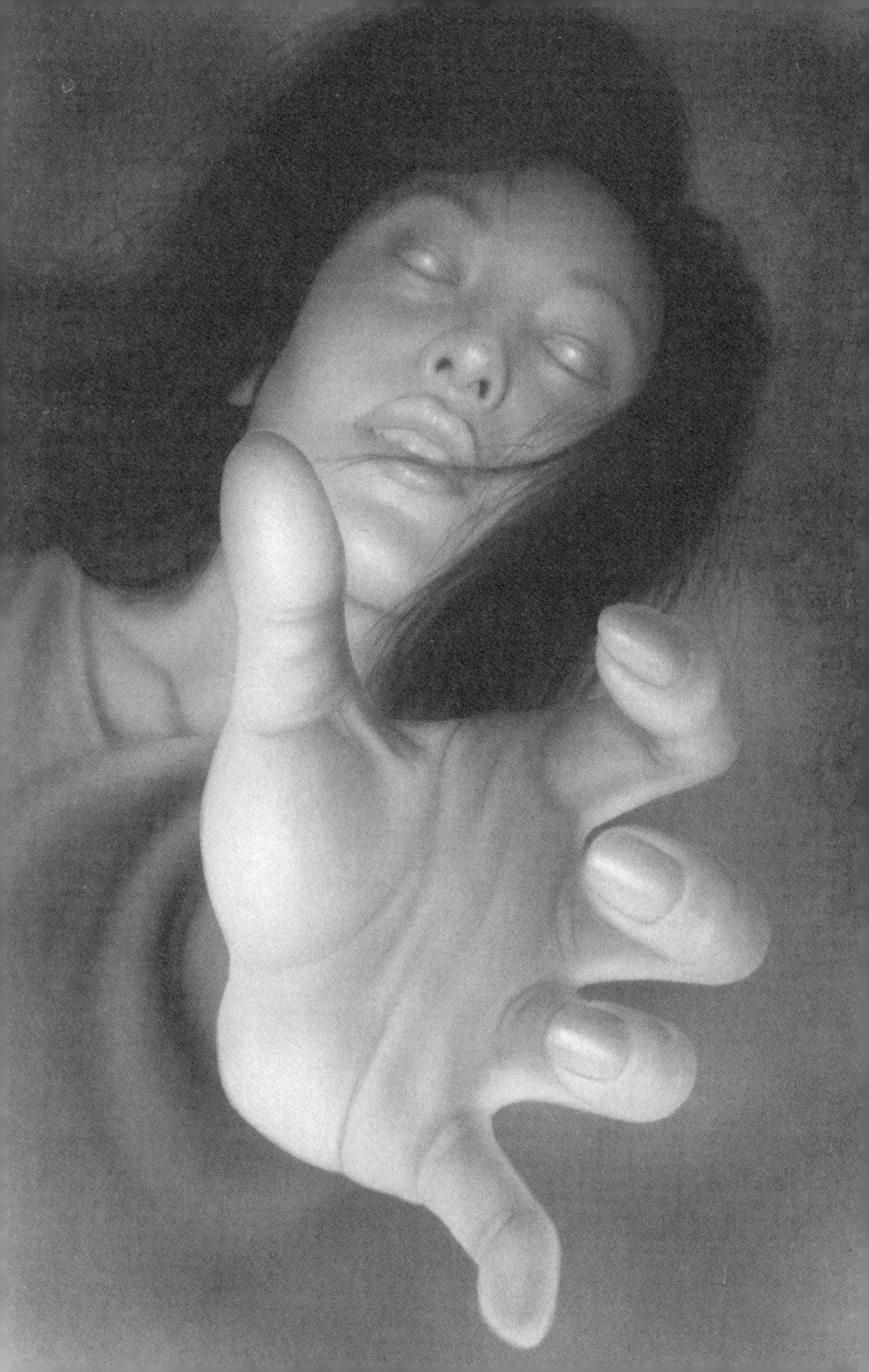

百物語

カオルは高校生の時、百物語をしたことがある。

彼女の寺で仲間十人が集まってやろうということになった。

「もう十一月になってたから怪談をやるには寒いんだけど」

そこはそれ、受験勉強などでうっぷんの溜《た》まっている彼女たちはすぐさま「やろう！やろう！」ということになった。

「でもね、すぐに百物語っていっても、みんな怖い話がないのよ」

そこで原則的には自分で怖い話を探してくるのだが、どうしても駄目な場合には怪談本を持ってきてそれを読んでも良いということにしたという。

「ひとり十本、話せばイイわけだから……」

仲間はやる気満々だったという。

当日、父親がみなの無事を祈って彼女たち全員を本堂に集め、読経《どきょう》をしてくれた。

「あんまり本格的にやってはいけない」

父親である住職は彼女たちにそう言い残して住居に戻っていった。

「だから蠟燭《ろうそく》はなし、懐中電灯で話す人が自分の顔を照らすっていう風にしたの」

夕方の六時ぐらいから集まって、食事をし、第一話目が始まったのは午後九時になろうかという頃。

「わたしのおかあさんの小さい時の話なんだけど……」

「今から考えれば笑っちゃうほど他愛のない話ばかりだった……」

途中、休憩を入れつつも話は進んでいった。

自分が好きな怪談本を朗読する子もでてきたという。

結局、百話終わったのは翌朝の六時を回っていたという。

「……だったんだって……」

最後の子が話し終えると拍手が起きた。

「みんなクタクタだったのね」

期待していた怪異も起きなかった。

「きっと真夜中に終わるようにしないと起きないのよ」

「ほんとは起きていたのにみんな寝惚《ねぼ》けてたからわからなかったんよ」

それぞれにぺちゃくちゃしゃべりながら帰り支度をしていた。

カオルはそんな仲間たちを玄関まで見送りながら、頭では早く部屋に戻って眠ることばかり考えていた。

「じゃね！」

ひとり遅れて玄関に残った子がいた。

「その子はブーツを履いてきていたのね」

三和土《たたき》に腰掛けながらブーツに足を入れたその子は立ち上がった途端によろめき、転び、自分の足を見つめて〈いやぁ〉と悲鳴をあげた。


「ど、どうしたの?」

驚いたカオルが近寄るとその子は剝《は》ぐようにしてブーツを脱ぎ捨てると、泣きじゃくったまま動かなくなってしまった。

仕方なくカオルは父を呼ぶと彼女を住居へと運んだ。

ただ事でない様子に父は再び、本堂で読経を始めた。

「結局、あとで聞いたら彼女、爪先《つまさき》を握られたっていうんです」

その子が言うにはブーツを履いて立った瞬間、爪先を何かに〈やんわり〉握られたのだという。

「あの子の、あの時の表情は確かにそんな顔だったわ」

カオルは今でもたまにあの時の友達の顔を思い出すことがあるという。

その年からカオルの高校では〈百物語〉と〈こっくりさん〉は禁止になってしまった。

割れる舌

ヒロミがナオキと付き合い始めて三ヶ月ほどたった時のことだった。

「朝、起きるとものすごく喉《のど》が痛くて舌が腫《は》れっぽいんです」

風邪《かぜ》でも引いたのだろうかと薬を買って飲んだりもしたのだが効き目はなく、そのうちに舌が割れて物をうまく飲み込めなくなってしまったのだという。

「もちろん、医者に行ったんですけれど」

原因はわからず、ただ内臓が荒れているというわけではないということだった。

「嚙《か》んだり、ぶつけたりした？　それ以外には考えにくいんだよね」

医者はわけがわからないという風に首を傾《かし》げた。

舌の怪我《けが》は日に日に重くなっていった。

痛みは朝起きた時が一番酷《ひど》く、夜寝る前には回復していた。

ナオキも心配してくれたが医者に見当のつかないものは彼にも手の出しようがない。

「そのうちに少しあったかい物とかも食べられなくなってきてしまって」

体重が二週間ほどで五キロも落ちてしまったという。

鏡に映してみると舌は亀《かめ》の甲羅《こうら》のように割れ、血が浮いていた。

「普通、口の中の傷は治りが早いっていうのにわたしの舌は毎日毎日、新しい傷ができるようなんです」

そんな時、ヒロミはナオキが風呂場で何やら怒鳴っているのを聞いた。

〈いい加減にしろ！　何回も何回も！〉

「ひとりで入っているのに変な独り言だと思いました。でも、もともとブツブツ話していることが多い人だったから……」

別段、気には留めなかった。

ある時、ヒロミは駅前で声をかけられた。

占い師だった。

「あんた死ぬよ」

背広姿の男はそう断言した。

「なぜですか」

「死霊が首に巻き付いている……」


占い師は、その後を続けようとしたが、ヒロミは立ち去った。

「当たったとか外れたとかいうよりも凄《すご》く気味が悪かったのね。もしかするとその時には既に心のどこかで異変を感じていたのかもしれない」

その頃ふたりはナオキの部屋で同棲《どうせい》をしていた。

「寝る時にはダブルベッドで並んで」

彼女は実家に帰ると氏子《うじこ》をしている神社のお守りを買いに行ったという。

「そこはおじいちゃんの代からの守り神だったんです。神様なんて滅多に信じたことはなかったけれど、なぜかその時はやってみようって、お守りを身につけたくなったんです」

ある晩、動き回る気配で目が覚めた。

目を開けると隣で寝ているナオキの陰で何かが動いていた。

全身が溶けたようなそれは、ぺたりぺたりとナオキの胸の上に這《は》い上がるとこちらへと移動してきた。

ドロドロになった十五cmほどの胎児だった。

腐臭が鼻をついたという。

それはミニチュアのおもちゃのようにぎこちなく近づいてくると彼女の胸元に乗った。

〈いや……いや〉

それが泣くのが聞こえた。

胎児は彼女の顔の上に登ると唇のなかに入り込んできた。

途端に舌に鋭い痛みが走り、そのまま気を失ってしまった。

「口を閉じようとしてもできなかったの。つるっと入られる感じで……」

翌日の晩、彼女はナオキに昨夜の件を話し、何か思い当たることはないかと尋ねた。

すると暫《しばら》く口ごもっていたナオキが、怒らないなら……と前置きして話し始めた。

「俺、前の女との間にできた子を持ってる。どうも、そいつがお前を毛嫌いしてるらしい」

「どういうこと？　意味わかんない」

ナオキは首のネックレスを持ち上げた。

「これ、カプセルなんだけどチビの遺灰が少し入ってるんだ。たまになんかイタズラしに出てくるみたいなんだよな。参ったよ、ははは」

ヒロミは荷物をまとめると実家に戻った。

ナオキと切れると舌の異変はみるみるうちに治ったという。

「それからカプセルつけた男とは付き合わないことにしてるの」

ヒロミはそう顔をしかめた。

秘密

「突然、よそよそしくなったんでおかしいなとは思っていたんです」

麻美は男と付き合えない理由を、その発端となった彼との出来事で話してくれた。

「初めはこっちが問いつめてもなかなか話してくれなくて……」

当時、同棲《どうせい》していた彼は一緒に暮らし始めて二ヶ月ほどした辺りから様子がおかしくなってきたという。

「帰っても先に寝ていたり、むっつり黙り込んでいたりするんです。それまでは、とても明るかった人なのに冗談も言わなくなっちゃったし、あまり笑わなくなって」

あまりの急変ぶりに彼女は何度も「何かあったの?」と聞いたのだという。

しかし、彼は答えを曖昧《あいまい》にするだけだった。

「外見は派手でも、中身はとても純情な人だから浮気なんかするはずはないと思っていたけれど……」

自分に何か悪いところがあったのではないかと彼女は何度も聞いてみたが、彼は絶対に事情を話そうとはしなかった。

「いつも何か言おうとするんですけれど。途中で黙ってしまって。いや、もういい……って終わらせちゃうんです」

顔色も悪くなってきた。深夜、うなされていることもあった。

「だんだんわたしも彼が怖くなってきちゃって……」

自分に言えない深刻な秘密があるんだと、その頃になるとわかっていた。

ある日、彼女のほうから別れ話を持ち出した。

彼は一瞬、ハッとした表情を見せたが、すぐに少し考える時間が欲しいと呟《つぶや》いた。

「だって愛情がないんでしょう。本心を打ち明けて貰《もら》えないっていうのは女にとって哀《かな》しいものなんだよ」

「そんなんじゃないよ」

「だっておかしいもの。他に好きな人ができたんならそう言ってよ」

「そんなんじゃないったら！」

いつものような堂々巡り、彼女も疲れ切ってしまった。

暫《しばら》くすると彼から別れようと言ってきた。

「正直ホッとしました。彼のことはまだまだ好きだったけれど……これでずっと思い悩んだり、ひとりで苦しんだりしなくて済むんだっていう思いのほうが強かったから」

ふたりは最後の想《おも》い出にと初めてデートに行ったレストランで食事をすることにした。既に彼女の荷物は実家に運んでおいた。

「ねえ、いったい何だったの？　もう最後なんだから教えてよ……。好きな子できた？」

食後のお酒を飲みながら彼女は明るくそう尋ねた。

わだかまりやしこりはもう無かった。好きな人がいるのなら「良かったね」と口にする覚悟はできていた。

「いないよ……そんなの」

「嘘《うそ》だぁ」

「本当だよ。今でもおまえのことは好きだ」

「駄目だよ。そんなこと言っても。わたしたちは終わったんだから」

「わかってるよ。でも俺はおまえを裏切ったりはしていないんだ。その事だけは本当だ。信じて欲しい」

「じゃあ、何が原因だったのよ」

彼女の問いに彼は黙り込んでしまった。

その時、初めて彼女は彼の変化に気が付いた。

「すごく小さくですけど……震えてたんです」


大きな肩が小刻みに揺れていたという。


「どうしたの」

彼女が心配げな声を出すと彼はきっぱりと顔を上げた。


「おまえ出るんだよ……」


「え？」

「おまえ、自分では気づいてないかもしれないけど。たぶん、気づいてないんだろうけれど……。おまえ、出るんだよ」

「出るって」

「おまえが玄関から出て行った後でもおまえ、部屋に居たりするんだよ」

「どういうこと？」

「俺だってわかんないよ。おまえみたいな女は初めてだもの。でもな、確実におまえは自分の生き霊をもってるよ」

彼の話では、夜中枕元《まくらもと》に人が立っているので驚いて見ると隣で寝ている麻美が立っていたり、トイレに入ったと思った瞬間、すっと部屋の反対側をよぎったりするのを目撃してきたのだという。

「最初のうちはそれでも可愛《かわい》い女の霊だから好きにならなくっちゃって努力もしたんだけれど……」

努力してどうにかなるものではなかったという。

「心の準備ができていれば大丈夫なんだけれど、不意に立ってたり、横切ったり、ドアを開け閉めしたりされるとやっぱり結構、辛《つら》いんだよな……」

彼は今まで押し殺していた思いを一気にぶちまけたせいか、ぼうーっとしていた。

「馬鹿じゃない？　そんなのありえないわよ！　言われたことないわよ！」

彼女は女ができた下手な言い訳だと思い、席を立つとレストランを飛び出してしまった。

「でも、本当は心の底で絶対に言われたくないことをとうとう言われてしまったっていう怒りだったんだと思うのね」

実は彼女の母親が全く同じだったという。

「庭で洗濯物を干していると思ったら、台所に入っていくのが見えたり……」

父親はそのことを家の中で誰かが口にするのをひどく嫌っていたし、母親もそうしたことが話題にのぼると申し訳なさそうに俯《うつむ》いてしまうのが常だった。

それが皮切りになったかのように麻美は暫くすると恋愛がうまくいかない体質になってしまった。別れの原因をはっきり彼女の生き霊だと言う者もいれば、うやむやにしたまま自然消滅させる者もいた。どちらにせよ並みの根性では耐えられないようだと彼女は言う。

「夜中に立っていたり、不意を突いたりするみたいだから……やっぱり長い時間一緒にいると難しいみたい。

悔しいのはわたしは一度も見たことないの。逢《あ》ったら一度、文句を言ってやろうと思ってるんだけど……」

麻美はだらだら長く付き合うのはやめて、パッと婚約、結婚しか道がないのかなぁと呟いた。

「きっと母方の家系がそうなんだと思うけど……。こういうのって遺伝するのかしら」

ホーッとひとつ大きなため息をついてみせた。

ブログ

「何気なくたどりついたブログだったの。最初は〈ぐるめ〉かなんかをキーワードにしてただけなのに……」

〈扉の生き物〉とタイトルがあった。

「憂鬱《ゆううつ》な日記なんだけど、頭のおかしな人が書いているらしくって……」

表現や言葉の飛躍が面白かったという。

日記は一日に何度も投稿されているらしく、膨大な量があった。

「全部読むなんてできないから、とりあえずお気に入りに登録して少しずつ読むことにしたんです」

でも、何度かこのブログの人は自殺を試み、そして成功していた。

「やった！　死ねた！　みたいなことが書いてあるんです。で、次からはまた普通のことっていうか、普通に狂ってることがダラダラ書いてあって……」

やっぱりおかしいんだなと思った。

それと同時に肩と首の凝りが酷《ひど》くなってきたような気がして読むのを止《や》めたという。

「負のエネルギーっていうのかなぁ。そういうのに気持ちが負けてきちゃって」

読むのが辛くなったのだという。
二、三日後、パソコンを立ち上げた時に〈扉の生き物〉が立ち上がるようになった。
ブックマークはしたけれど起動時に優先的に展開させるスタートアップに設定した憶《おぼ》えはなかった。

「いろいろと自分でも試してみたんですけれど、元に戻らなくって。別に立ち上がるだけなんでそこから別のサイトに行けばいいだけの話なんですけれど……なんとなく厭《いや》だったんです」

立ち上がるからたまに目を通すのだが、日記の内容はあいかわらず狂った負のパワーに充《み》ち満ちていたため、読むと必ず首と肩が熱をもったように凝りだした。

「読まなきゃいいのにって自分でもわかっているのに目が行っちゃうんです……」

ある夜、目を覚ますとパソコンが点《つ》くところだった。

「ベッドのそばに机があって、その上にパソコンがあるからすぐに判《わか》るんです」

モニター画面が明るくなると管理者画面になった。

画面が明滅し、〈扉の生き物〉になるのが判ったという。

「でも勝手にそこまで行くはずがないんでおかしいんです」


起きあがろうとしたが体が動かなかった。


「見るとモニターから白い煙みたいなものが出て来たんです」

それは煙草《タバコ》の煙のようにゆっくりゆっくりと吐き出されながら、次第に部屋のなかに充満していったという。

「パソコンが暴走したんだって最初は思いましたけど」

普通の煙ではなかった。

「どちらかというと霧に近いような気がしました」

気が付くと霧は彼女のベッドの辺りまでやってきていた。

既に机の上のパソコンは白いもやのなかに埋まり見えなくなっていた。

霧は彼女の顔の前まで垂れ込めてきたという。

〈うぇつうぇつうぇつうぇぇ〉

突然、霧のなかで奇妙な声が聞こえた。

真ん前の霧に人の顔が浮かんでいた。

事故にでも遭ったのか、ぐちゃぐちゃになった顔の真ん中に大きな裂け目があり、そのなかに舌がぶら下がっていた。

それは霧の表面から彼女のベッドの上に乗り出すと、彼女の顔に触れようとした。

枕がぐっと沈みこんだ瞬間、気を失った。

目が覚めると既に七時を回っていた。

パソコンは青いエラー画面のまま凍っていた。

彼女はその日のうちにパソコンを処分することにした。

「もう使ってらんないと思ったから、ネットのオークションに出すことにしました。まだ新しい物だったからいい値段がついて助かった」
あのブログがまだあるのかどうかは知らないと言った。

予感

「小学校二年生の時、学校の帰り道でしたね」

サヤは突然、悪寒に襲われた。

いつものように友達と川原の土手を歩いているとドンッと胸が苦しくなる強い衝撃が走った。目の前がクラクラしてしゃがみ込んでしまった。

「どうしたの」

友達が心配そうに声をかけてくれたが返事をすることもできなかった。

土手の上に横になると空の青が暗くなったり明るくなったりした。

「普段はおてんばで通してたから、自分でもびっくりした。すげぇ、こんなに体って急に動けなくなるんだって……。ある意味、感動してたかも」

いや、本当は怖かったとサヤは付け加えた。

〈おかあちゃん……〉

頭のなかでそう呟《つぶや》いた途端、〈元気でやるんだよ……〉と母の声が脳裏に響いた。

「あんまりハッキリ聞こえたんで、エッて頭上げて周りを見回しちゃったぐらい。マジでよく聞こえた」

母の声が聞こえた瞬間、サヤの体は治った。

「ふっと体が軽くなって、元に戻ったんです」

サヤは立ち上がると友達にさよならも言わずに駆け出した。

「なんかものすごいエネルギーっていうか、そういうのが体のなかから湧《わ》いて湧いて、それに突き動かされた感じで駆けてた。遅い遅い！　この足！　遅い！　って頭のなかでいつのまにか怒鳴ってるぐらいだったから」

悪い予感がしていた。

なんの根拠もなく、ただ母に何かあったのではないか……。

それだけでサヤはダッシュしていた。

町内の人が何人もランドセルをブン回し、風を切って走り抜けていくサヤに声をかけてきたが、全《すべ》て無視した。

「とにかくお母ちゃんを見なくちゃ！　っていう一念だけだった」

狂ったように駆けた。

駆けて駆けて駆けて、玄関にたどりついた時には転んで大きな音を立てた。

「おかあちゃ～ん！」

ランドセルのまま怒鳴ったが返事はなかった。

いつも明るく迎かえてくれるはずの母はいない。

「居間も台所も二階も全部、駆け足で回った。大声で何度も呼んだけど返事がなくて……」

なんだろう……なんだろうと胸の奥が苦しくなってきた。

知らない所で厭《いや》なことが起きているんじゃないかと手足が震えるような気がした。

「おかあちゃ～ん！」

「どうしたの？」

座敷の真ん中で叫ぶと母の声が返ってきた。

母は裏庭で洗濯物を干していた。

「なに血相変えて、この子は……」

洗濯籠《かご》から白い枕《まくら》カバーを取り出して母はパンパンと拡《ひろ》げた。

サヤは駆け出していくと体当たりするように母の腹に顔を埋めた。

白い割烹着《かっぽうぎ》から日なたの匂《にお》いがした。

サヤはわけもなくオイオイと泣き出していた。

自分でも何故泣くのかわからなかったが、力一杯泣きたかった。

泣くのが気持ちよかった。

母はそんなサヤをそのまま抱き、「よしよし」と何度も頭を撫《な》でた。

「団子あるよ。食べな」

「うん」

サヤが落ち着くのを待って母はそう声をかけた。

台所のテーブルに座り、ひとりで団子を食べていると、仕事に行っているはずの父が戻ってきた。

「サヤ！　居たか！」

真っ青になった父の顔は濡《ぬ》れていた。

汗ではなく、涙だった。

「買い物に行った先でトラックに引っかけられちゃって……」

母は病院で亡くなっていた。

もちろん学校へ急報は行ったのだが既にサヤたち二年生は下校した後だった。

父は病院へ向かい、母を看取ってからサヤを捜しに来たという。

「淋《さび》しかったけど、最後が温かかったから……ね。大丈夫だった」

二児の母になったサヤは、今でもその話をすると少しだけ目を潤ませた。

「都心からは離れているけれど、人がいないわけじゃないのに……ショックでした」

キヨミさんの通っていた大学は都心から電車で小一時間ほど離れたところにあった。

「実家が繁華街に近かったせいもあって、最初の頃はすごく不便だなぁって思うことばかりでしたね。コンビニまで歩いて五分もかかるとか。実家では真ん前にありましたから」

それでも下宿して二年ほどたつとそんな暮らしにも馴《な》れてきた。

「わたしの住んでたアパートは学生が多くて。理由は学校に近いのにボロい分、安いんです」

二階へは鉄製の外階段で上がり、廊下はコンクリートの打ちっ放し、目の前の駐車場から丸見えだった。

「アパートは上下合わせて十二部屋。女子が借りてるのは三部屋。二階にふたりと一階にひとり」

アパートの裏手は山になっていた。

「雑木林なんですけれど、持ち主が遠くにいるらしくって手入れが全然されていないんです。だから夏は藪《やぶ》っ蚊が多くって、網戸しなくちゃ寝られないぐらいでした」

それでも学生同士の住みかは賑《にぎ》やかで楽しかった。

「みんな、いい感じで貧乏だったのが良かったと思う。勉強して飲んで騒いでばかりだったけれど結構、充実してたし」

そんなある日、裏山に何台もパトカーがやってきて大騒ぎになった。

「女の人が殺されて、埋められていたらしいんです」

ショックだった。

女性が掘り出されたのは、彼らのアパートのほんの目と鼻の先だった。

「勉強の合間とか気が向いた時の散歩コースでしたからねぇ……」

暫《しば》くは事件の話でもちきりの状態が続いた。

「殺されたのは水商売の女の人で、彼女が貸してたお金のトラブルから首を絞められて殺された後にそこに埋められたっていう話でした」

死後、三年ほどがたっていたという。

「他にもなんか埋まってるんじゃないかなんて冗談を言う子もいましたけれど……。正直、みんないい気持ちはしてなかったと思います」

そんな時、一階に住む女子学生が引っ越して行った。

「親にそんなとこに住むことないって言われたらしいんです」

彼女は学校からそのアパートの反対側にあるマンションに移り住んだという。

「あの子の家はお父さんが事業をやっているから引っ越しとかも簡単にできたと思うんですけれど、普通のサラリーマンの家の子では簡単に引っ越すなんてできませんでした。それに元々、安いから入ったんだし……」

気味が悪いというだけでは不動産屋が敷金を返すとは思えなかった。

「それでも季節がひとつ越える頃になるとみんな段々に忘れていったんです」

キヨミさんも散歩を再開させた。

但《ただ》し、ルートは変えたという。

「それまでは思いっ切り、埋めた場所のそばを通っていたんです」

夏になり、帰省が始まった。

キヨミさんも来週には帰省するという頃、アパートの仲間で肝試《きもだめ》しをしようということになった。

「部屋で怖い話を聞いてから、ひとりずつ、山に行くっていうんです」

キヨミさんは乗り気ではなかったが、勢いにつられ、話を聞くだけという条件で参加することになってしまった。

「ところがやっぱり行くことになっちゃったんです」

もともと大学生が静かに怪談や肝試しをするはずがなく、最初の小一時間だけ、そんなことをした後は宴会になってしまった。

「夜も遅くなってきた頃、ふたりペアで埋葬場所まで探検することになったんです」

くじ引きが作られ、キヨミさんはスキー部の男子学生とペアになった。

「三番目でしたね」

ペアは行った証《あかし》として線香を立ててくることになった。

ふたりは皆に送り出され、山の中へと入っていった。

「懐中電灯がしょぼくて、全然、先が見えないんです」

ふたりはほとんど光をあてにせず、勘を頼りに進んでいった。

樹は町の雑踏を消す。

ほんの少し歩いただけなのに、随分奥まで来たような気がした。

「あそこだ」

懐中電灯の光の輪の先に薄い煙が幾筋か立ち上っている場所があった。

枯れ朽ちた菊の花束がいくつも散乱していた。

こんなに近くに寄ったのは初めてだった。

「掘り返して、また埋め直したんだと思うんですけれど、少しお椀《わん》を伏せたように膨らんでました」

そこに線香が二本立っていた。

「じゃあ、俺らも」

男子は手にしたライターで線香を炙《あぶ》り、火を点《つ》け、土まんじゅうに差し込んだ。

その時、ちょっと厭《いや》な感じがした。

「懐中電灯の小さな灯《あか》りをジッと見てるからだと思うんですけれど……」

土まんじゅうが、ゆっくり上下して見えたという。

「まるで呼吸してるみたいにふーっふーって動いて見えたんです」

もちろん、そんなことは彼には伝えなかった。

アパートに戻ると彼らはまた宴会に加わった。

よそから来た人間も含め、都合、六組が探検に行った。

午前三時頃、散会となった。

「明け方、ものすごい悲鳴で目が覚めました」

悲鳴は女性の金切り声で二度、しっかり響いた。

「確かめには行かなかったわね」

翌日になるとアパートの住人の半分が帰省していなくなっていた。

「わたしは少し遅れたみたいでした」

いつもはにぎやかなアパートが静かだった。

実家に駅に着く時間を連絡し、定食屋で夕食を済ませ、荷造りをし、風呂から出ると既に十二時を回っていた。

彼女は急いで蒲団《ふとん》に潜り込んだ。

胸が苦しくなって目が覚めた。

「その瞬間、ヤバイって判《わか》ったんです」

月光に照らされた部屋の空気が異様だった。

ずるっ。

部屋の隅で何かが動いていた。

泥だらけの人間があちらを向いて座っていた。

長い髪の女が座りながら時折、手を右へ左へと伸ばす。

「何かを捨ててるみたいでした」

それはつかんだものを、ぽとりぽとりと畳に捨てていた。


〈あああ……〉


声とともにそれはゆっくりと体をこちらに向けてきた。

たった八畳しかない部屋では、さほど距離がなかった。

ぽとり、ぽとり、女が捨てたものは蠢《うごめ》いた。

「ミミズみたいに見えました」

女は髪に隠れた顔に手を伸ばすと、また虫を捕った。

ゆっくり顔が向けられた。

スパゲッティーが垂れているようだった。

無数のミミズが蠕動《ぜんどう》し、のたくっていた。

女はそれをつかみ、引き抜く。

残った皮膚には穴がぽっこりと覗《のぞ》いた。
〈あぁぁぁ……〉
髪が揺れるといくつもの細かい穴が顔中に空いているのが判った。
ぽとり……ぽとり……ぽとり……。
キヨミさんは目を逸らすことができなかったという。
ぽとり……ぽとり……ぽとり……。
〈もらってよ……〉
突然、声が脳裏に響いた。
その瞬間。
女がダッシュで彼女に抱きついてきた。
気がつくとキヨミさんは山の中にいた。

「もうちょっとで小さな崖《がけ》っていうところまで裸足《はだし》で歩いてきてたんです」

彼女は自室に戻ると着替えをし、そのまま朝を待った。

明け方、何度か男の悲鳴が聞こえたという。

「たぶん、他の学生の部屋だと思いますけれど……」

見に行く勇気はなかった。

引っ越しの連絡は実家からした。

後で聞くと殆《ほとん》どの学生がアパートから引っ越していたとわかった。

以来、キヨミさんはどんなに小さな会でも肝試しはやらないことにしているという。

あのぅ

太田君は高校生の頃、野球部の試合中に怪我《けが》をした。

「対抗試合だったんですけれど、一塁から二塁へ盗塁をしかけた時、耳にボールが当たったんです」

キャッチャーが二塁に放った送球が逸《そ》れ、突進してくる太田君の左耳へとまともにぶつかったのだという。

「バットで殴られたような衝撃があって、それからちょっと気を失ったんだと思います」

気が付くと仲間に肩を貸して貰《もら》ってベンチへ下がるところだった。

既に出血が酷《ひど》かったので、そのまま救急車で病院へ運ばれることになった。

「鼓膜が破れてたんです」

医者の診断によると、破れ方がきれいなので手術などしなくとも暫《しばら》くすれば鼓膜が自然と、くっついて治るだろうということだった。

「でもね、耳をやると一時的に感覚がおかしくなるんですよ」

例えば道を歩いていても少しずつ左右どちらかに寄ってしまったり、立ち止まっているにもかかわらず、ゆっくりと地面が回転しているような気がするのだという。

「もっとも、そういったものも馴《な》れてくると落ち着くんですけどね」

辛《つら》かったのは痛みよりも練習に出られなくなってしまったことだった。

「当時は二年生でレギュラーを狙《ねら》ってましたから」

チームでも期待のホープだった太田君は自分より下の連中がどんどんと実力をつけていくのを黙って見ているのが悔しかった。

「とにかく、完全に治りきらないうちにまた怪我をしたらいけないということで……」

部活に出ても毎日毎日、走り込みと筋肉トレーニングばかりの日々が続いた。

「一日二日ならいいんですけれど」

三日、四日、一週間と続くと、さすがに虚《むな》しくなってきた。

「それに根を詰めてやっていても通院する日は部活を休みますから、やる気がタイミングの悪いところで寸断されるんですね」

ある日、やはり通院のため部活を休んだ太田君は病院へと向かっていた。

交通量の多い交差点で信号待ちをしていると、

「あの〜」

突然、女の子に声をかけられた。

「はい？」

誰もいなかった。

信号待ちしているのは彼と煙草《タバコ》をくゆらせている中年男性だけだったという。

「すっごく変な感じでした。声はハッキリ聞こえたんです」

まるで真後ろで話されたように明瞭《めいりょう》だった。

しかし、声はその後も度々、聞こえた。

「まだ十七でしたから、頭がおかしくなったんじゃないかって心配な半分、すぐにああこれは霊だって思ったんです。そういうとんちんかんな考えになったのが逆に良かったんだと思います。振り返ってみても深刻に悩んでも答えの出る問題じゃなかったので……」

それでも医者には頭に障害がないか確認した。

「声が聞こえるんですって、言ったら顔色が変わってしまって、その場でCTとレントゲンを撮られました」

結果はシロ。送球による頭蓋骨《ずがいこつ》や脳への影響は受傷時に発生した軽い脳しんとう以外には認められなかった。

「もしかすると脳でテレビやCDで聞いた音を再現しているのかもしれないね」

医者は耳が聞こえなくなっていることに対する脳の防御なのかもしれないと解釈してみせた。

声は〈あの〉だけだった。

「他には何も聞こえないっていうか……。何も言わないんです。あのぉっていう感じ」

しかし、たった二文字だけの言葉ではあったが、何度も耳にするうちに話し手の感情が僅《わず》かながら判《わか》るようになった。

「あれ、不思議な言葉なんですよね。あのっていうのは。あのーって伸ばすと質問。あのって短くなると注意とか、聞いて聞いてっていう感じ。あーのーって言われるとふざけてるみたいな」

声は多い時には日に十回ほどあった。

「始めのうちは無視してたんですけれど」

それも失礼かなと思い、「はい」と小声で返事をするようになった。

するると声も調子を変えてきた。

「硬い調子が柔らかくなるんです」

面白いのはわざと無視していると『あの！』と怒った声がする。

そんな時は少し大きめに「はい」と返事をする。

その次は『あ〜の〜』と甘えたような声になる。

「今だったら、そんな幻覚みたいなものと遊ぶなんて考えもしませんが、高校生って案外、そんなものを大胆に受け入れてしまうものなんですよね」

ある時、顧問からレギュラーの発表があった。

太田君は外されていたという。

「悔しくて悔しくて……」

帰宅するとすぐ部屋に籠《こ》もった。誰にも相談はできなかった。大事な時期に練習を休んだのは自分のせいだった。怪我をしたのも自分で進んで盗塁しに行った結果だった。誰のせいでもなく、全《すべ》ては自分が引き起こしたことだった。

『……あの……』

声がした。

「うるさい！」

太田君は怒鳴った。

『あのぅ……』

「黙ってろ！　どっか行け！」

声は途切れた。

彼は退部を決意した。

翌日、顧問のところに持っていく途中、『あのぅ』と声がした。

「条件反射的に、はいって返事をしたら……」

前を通る女子に変なの、と笑われた。

「挨拶《あいさつ》して一気に部屋に入るつもりだったのに気勢を削《そ》がれた格好になったんですね」

すると中から声が聞こえた。顧問とキャプテンだと判った。自分の名前が聞こえた。

ドアに耳を近づけた。

「キャプテンは僕をレギュラーに入れて欲しいと頼んでくれていたんです」

ところが顧問はそれを許さなかった。顧問は太田君のスタンドプレーを危惧《きぐ》していた。

「奴はガッツも才能もある。だがなチームワークを忘れているところがあるんだ。うちはこれからどんどん勝ち抜いていくチームだ。上へ行けば行くほど、ほんのちょっとした乱れが取り返しのつかないことになる。俺も奴が復帰すれば、暫くしてレギュラーにするつもりだ。だが今は一旦《いったん》、考えさせたい。怪我をしたのは奴が自分を振り返る良いチャンスだと思ってるんだ。すんなりレギュラーになってしまえば奴は自分を振り返る機会を失う」

太田君は黙って教室に戻ると机に突っ伏した。

『あのう……』

『あのう……』

その日は声がしつこく聞こえた。なんだか泣いているようだった。

「なんだよ」

太田君はようやく返事をした。

『あのぅ……』

それが最後の声だった。

「もうかなり治ってるから、もう通院はいいよ」

その日の放課後、医者はそう告げた。

「野球は？　野球はできますか」

「いいよ。もう大丈夫」

太田君は狂喜した。


夏の終わり、レギュラーとして活躍できた太田君は自分が最初に声を聞いた交差点にいることに気づいた。

見ると中年の女性が屈《かが》んでいた。


そこには菊の花束と供え物があった。


女性は太田君を見ると会釈をしてきた。

「あなたと同じ高校生だったんですよ。ブラスバンドの大会へ行く途中にはねられて」

淡々とした口調だった。

太田君は声のことを話した。

「あの子は運動のできる子が好きだったから」

写真をみせてくれた。

長い髪の可愛《かわい》らしい女の子が笑っていた。

太田君は花束に頭を下げると心のなかで、ありがとなと呟《つぶや》いた。

太田さんはカウンセラーになった今でも、実家に帰るとあの交差点に花を手向《たむ》けに行く。

九から九九頁までは「Ｐｏｐｔｅｅｎ」二〇〇四年十二月号から二〇〇五年八月号に連載したものです。その他は、本書のための書き下ろし作品です。

ハルキ・ホラー文庫 H-ひ 1-8

ふりむいてはいけない

著者 平山夢明《ひらやまゆめあき》

2005年7月18日第一刷発行

発行者 大杉明彦

発行所 株式会社角川春樹事務所
〒101-0051東京都千代田区神田神保町3-27 二葉第1ビル

電話 03(3263)5247[編集] 03(3263)5881[営業]

印刷・製本 中央精版印刷株式会社

フォーマット・デザイン 芦澤泰偉+野津明子

シンボルマーク 西口司郎

ISBN4-7584-3186-8 C0193

http://www.kadokawaharuki.co.jp/[営業]
fanmail@kadokawaharuki.co.jp[編集]
ご意見・ご感想をお寄せください。

ハルキ・ホラー文庫

書き下ろし

メルキオールの惨劇

平山夢明

人の不幸をコレクションする男の依頼を受けた「俺」は、自分の子供の首を切断した女の調査に赴《おもむ》く。懲役《ちょうえき》を終えて、残された二人の息子と暮らすその女に近づいた「俺」は、その家族の異様さに目をみはる。いまだに発見されていない子供の頭蓋《ずがい》骨、二人の息子の隠された秘密、メルキオールの謎……。そこには、もはや後戻りのきかない闇が黒々と口をあけて待っていた。ホラー小説の歴史を変える傑作の誕生！

平山夢明

東京伝説　呪われた街の怖い話

新装版

〝ぬるい怖さ〟は、もういらない。今や、枕元に深夜立っている白い影よりも、サバイバルナイフを口にくわえながらベランダに立っている影のほうが確実に怖い時代なのである。本書は、記憶のミスや執拗な復讐、通り魔や変質者、強迫観念や妄想が引き起こす怖くて奇妙な四十八話の悪夢が、ぎっしりとつまっている。現実と噂の怪しい境界から漏れだした毒は、必ずや、読む者の脳髄を震えさせるであろう。

［解説　春日武彦］